共和国故事

惠民举措
——全国积极推动家电下乡政策实施

陈秀伶　编写

吉林出版集团股份有限公司

图书在版编目（CIP）数据

惠民举措：全国积极推动家电下乡政策实施/陈秀伶编．—长春：吉林出版集团股份有限公司，2009.12

（共和国故事）

ISBN 978-7-5463-1925-4

Ⅰ．①惠… Ⅱ．①陈… Ⅲ．①纪实文学－中国－当代 Ⅳ．①I25

中国版本图书馆CIP数据核字（2009）第237751号

惠民举措——全国积极推动家电下乡政策实施

HUIMIN JUCUO　　QUANGUO JIJI TUIDONG JIADIAN XIAXIANG ZHENGCE SHISHI

编写	陈秀伶		
责任编辑	祖航　黄群		
出版发行	吉林出版集团股份有限公司		
印刷	三河市嵩川印刷有限公司		
版次	2010年1月第1版		2022年1月第10次印刷
开本	710mm×1000mm　1/16		印张　8　字数　69千
书号	ISBN 978-7-5463-1925-4		定价　29.80元
社址	吉林省长春市福祉大路5788号		
电话	0431-81629968		
电子邮箱	tuzi8818@126.com		

版权所有　翻印必究

如有印装质量问题，请寄本社退换

前　言

　　自 1949 年 10 月 1 日中华人民共和国成立至今，新中国已走过了 60 年的风雨历程。历史是一面镜子，我们可以从多视角、多侧面对其进行解读。然而有一点是可以肯定的，那就是，半个多世纪以来，在中国共产党的领导下，中国的政治、经济、军事、外交、文化、教育、科技、社会、民生等领域，都发生了深刻的变化，中国人民站起来了，中华民族已屹立于世界民族之林。

　　60 年是短暂的，但这 60 年带给中国的却是极不平凡的。60 年的神州大地经历了沧桑巨变。从开国大典到 60 年国庆盛典，从经济战线上的三大战役到经济总量居世界第三位，从对农业、手工业、资本主义工商业的三大改造到社会主义市场经济体制的基本确立，从宜将剩勇追穷寇到建立了强大的国防军，从废除一切不平等条约到独立自主的和平外交政策，从"双百"方针到体制改革后的文化事业欣欣向荣，从扫除文盲到实施科教兴国战略建设新型国家，从翻身解放到实现小康社会，凡此种种，中国人民在每个领域无不留下发展的足迹，写就不朽的诗篇。

　　60 年的时间在历史的长河中可谓沧海一粟。其间究竟发生了些什么，怎样发生的，过程怎样，结果如何，却非人人都清楚知道的。对此，亲身经历者或可鲜活如昨，但对后来者来说却可能只是一个概念,对某段历史的记忆影像或不存在,或是模糊的。基于此,为了让年轻人,特别是青少年永远铭记共和国这段不朽的历史,我们推出了这套《共和国故事》。

《共和国故事》虽为故事,但却与戏说无关,我们不过是想借助通俗、富于感染力的文字记录这段历史。在丛书的谋篇布局上,我们尽量选取各个时代具有代表性或深具普遍意义的若干事件加以叙述,使其能反映共和国发展的全景和脉络。为了使题目的设置不至于因大而空,我们着眼于每一重大历史事件的缘起、过程、结局、时间、地点、人物等,抓住点滴和些许小事,力求通透。

历史是复杂的,事态的发展因素也是多方面的。由于叙述者的视角、文化构成不同,对事件的认知或有不足,但这不会影响我们对整个历史事件的判断和思考,至于它能否清晰地表达出我们编辑这套书的本意,那只能交给读者去评判了。

这套丛书可谓是一部书写红色记忆的读物,它对于了解共和国的历史、中国共产党的英明领导和中国人民的伟大实践都是不可或缺的。同时,这套丛书又是一套普及性读物,既针对重点阅读人群,也适宜在全民中推广。相信它必将在我国开展的全民阅读活动中发挥大的作用,成为装备中小学图书馆、农家书屋、社区书屋、机关及企事业单位职工图书室、连队图书室等的重点选择对象。

编　者

2010 年 1 月

目录

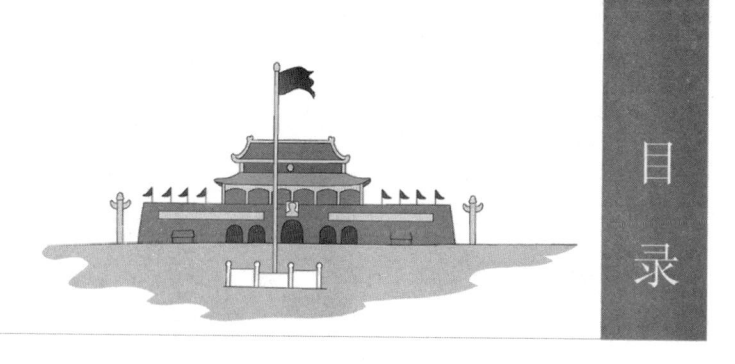

一、决策实施

财政部商务部出台政策/002

召开"家电下乡"试点会议/005

山东启动"家电下乡"试点/008

陕西成立工作领导机构/010

老区红安农民首批受益/013

广西启动"家电下乡"活动/016

山西制定"家电下乡"方案/019

邳州市大力支持"家电下乡"/022

基层部门抓好政策落实/025

武宁县保障补贴款及时到位/028

补贴促进钦州农民购家电/030

宁夏拉开"家电下乡"序幕/033

容城县开展贴心服务业务/036

广西现场兑付补贴款/040

二、踊跃参与

楚州电信局积极参与活动/044

郾城区下发补贴兑付方案/046

目录

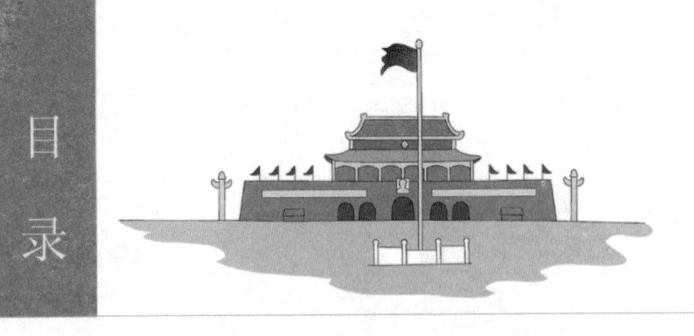

渠县将补贴直接打入农民账户/048

四川长虹支援地震灾区/050

中标企业严把家电质量关/053

盛庄街道强化政策落实/057

紧急启动售后服务车工程/059

崆峒区启动"家电下乡"工程/061

昭通市国税机关履行职责/063

甘肃商务部门推进"家电下乡"活动/065

"家电下乡"企业积极参与/069

"家电下乡"电力设施先行/071

仙游县为"家电下乡"做准备/074

经销商优质服务促销售/076

三、农民受益

农民享受政策欢度新年/080

灵台农家过上现代化生活/083

农民商家因"家电下乡"受益/087

高档家电走进农民家庭/091

农民享受优惠欢乐过年/094

农民充分享受惠民好政策/097

目 录

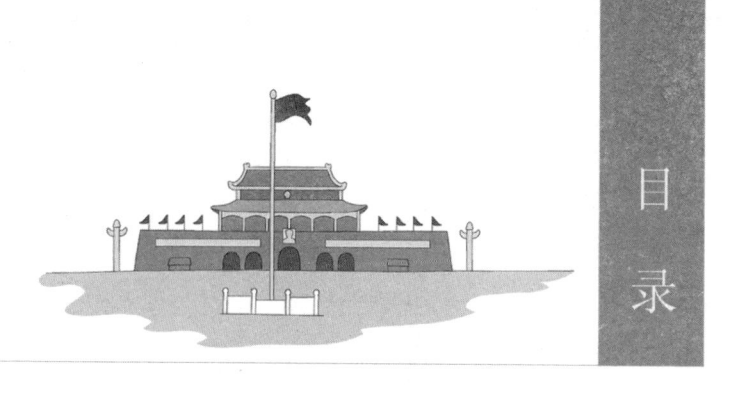

"家电下乡"促进消费观念转变/101

家电补贴促进家家提前实现现代化/104

"家电下乡"使农牧民生活更精彩/106

利民政策使农民梦想成真/108

南城农民享受"家电下乡"实惠/110

"家电下乡"满足农民需求/112

一、决策实施

- 财政部经济建设司副司长曾晓安说:"对农民购买家电给予财政补贴,是支农惠农的重要措施之一。"

- 山东省财政厅副厅长于国安说:"'家电下乡'补贴资金,全部由中央财政和省级财政负担,以减轻地方财政负担。"

- 贺兰县农民代表说:"'家电下乡'是农民盼望已久的大好事,感谢党和政府给予我们的惠民政策,感谢党和政府对我们农民的关怀。"

财政部商务部出台政策

2007年12月，财政部、商务部为稳妥推进，决定在山东、河南、四川、青岛三省一市，进行"家电下乡"试点，对彩电、冰箱及冰柜、手机三大类产品，给予产品销售价格13%的财政资金直补。

这是财政部、商务部为贯彻落实国务院关于促进"家电下乡"的指示精神，在反复调查研究的基础上，提出财政补贴促进"家电下乡"的政策。

"家电下乡"试点取得了显著成效，农民得到了实惠，企业得到了市场，政府也得到了民心。

在总结试点经验的基础上，财政部、商务部研究认为，有必要加快推进"家电下乡"，以进一步发挥财政补贴"家电下乡"产品在扩大内需、改善民生、促进社会主义新农村建设方面的政策效用。

经国务院批准，在三省一市继续实施试点的同时，将家电销售及售后服务网络相对完善及积极性较高的内蒙古、辽宁、大连、黑龙江、安徽、湖北、湖南、广西、重庆、陕西纳入推广地区范围，共计14个省、自治区、直辖市及计划单列市。

为保持政策公平，"家电下乡"在各地区实施的时间统一暂定为4年。

根据国务院第三十六次常务会议精神,为了进一步发挥"家电下乡"政策在扩大内需,特别是农村消费中的作用,国务院决定,尽快在全国推广"家电下乡"工作。

2008年,财政部、商务部、工业和信息化部印发了《关于全国推广"家电下乡"工作的通知》。

从2009年2月1日起,"家电下乡"在原来14个省、市的基础上,开始向全国推广,产品也从过去的4个增加到8个。除了之前推出的"彩电、冰箱、手机、洗衣机"之外,"家电下乡"又新增了摩托车、电脑、热水器和空调。这些产品和彩电、冰箱等家电产品,同样享受国家13%的补贴。

各个省、市根据各地区不同的需求,在这4个产品中,选择两个进行推广。

财政补贴"家电下乡"政策,是对农民购买"家电下乡"产品给予补贴。

将补贴品种、型号、补贴的比例、补贴资金的负担等政策设计好,将补贴流程设计得既科学合理,又简便易行,确保补贴资金及时拨付给农民是关键。

"家电下乡"政策,与其他对农民补贴政策的不同之处在于:

一是以往对农民的补贴主要侧重于生产,而"家电下乡"是对消费环节的补贴,只有农民购买了家电才给补,直接拉动消费。

二是"家电下乡"利用财政政策杠杆，引导生产企业设计、开发、生产适合农村消费的产品，并完善售后服务。

同时，引导经销商健全农村家电流通网络、改善农村消费环境，实现了财政政策与生产、贸易政策的结合，利民、利企、利国，农民得实惠、企业得市场、政府得民心。

这就是"家电下乡"政策的创新所在。

在新形势下，全国范围内推广"家电下乡"对于扩大内需、保持经济平稳较快增长，具有重要的意义。这是贯彻落实党中央、国务院加强和改善宏观调控决策部署、实施积极财政政策的重要举措。

召开"家电下乡"试点会议

2007年12月21日，财政部、商务部在山东烟台召开了"家电下乡"试点工作会议，正式部署和启动了山东、河南、四川三省的"家电下乡"试点工作。

在"家电下乡"试点工作会议上，财政部、商务部决定，在山东、河南、四川三省，选择农民购买意愿较强的彩电、冰箱及冰柜、手机等三类产品，开展"家电下乡"试点。

两个部门招标，确定了适合农村消费环境和农民需求特点的补贴类产品的型号、生产企业，以及承担销售任务的流通企业。

财政部经济建设司副司长曾晓安表示，为便于总结阶段性试点经验，研究制订推广方案，三个省试点时间将暂定持续到2008年5月底前。

在试点产品上，首批三类产品是农村普及家电的入门产品，今后还将逐步把农民消费意愿同样较强的如空调、洗衣机等家电产品，纳入补贴范围。

补贴产品由中标企业按协议生产，共197个型号，贴有"家电下乡"专门标识。争取在2008年元旦前后上市，按产品销售价格的13%予以补贴。

三个省的农民可以凭户口簿、身份证等有效身份证明，到就近的定点销售网点，购买补贴类家电，备齐户口簿、身份证、产品购买发票、产品标识卡等有关材料，到所在地乡级财政部门，申请领取"家电下乡"补贴资金。补贴资金由财政部门直接发放到购买人的储蓄账户上。

在这次会议期间，来自山东、河南和四川三个省的15家中标家电企业、21家流通企业，分别与财政部、商务部签署了参与"家电下乡"工作的合作协议。

根据协议，这些企业负责向农村市场提供质量可靠、功能实用、价格低廉的家电产品，承担"家电下乡"的销售、售后服务和维修等任务。

通过严格招标方式，这些企业确定各自具体补贴产品及其销售最高限价，并向全社会公布，以防止企业把落后、淘汰产品，简单地推向农村，切实保证农民各项消费需求。

财政部经济建设司副司长曾晓安说：

对农民购买家电给予财政补贴，是支农惠农的重要措施之一，也是财政资金支持的重点，由投资、出口扩展到消费领域的一项重大财政政策创新。

曾晓安指出：

在当前农民增收困难，城乡差别较大的形势下，财政补贴政策支持"家电下乡"，激活农村消费，是解决扩大内需的客观要求。

同时，曾晓安还强调指出：

家电产品成为我国贸易顺差的重要来源，由此产生的针对我国家电产品的贸易摩擦频繁发生。

实施"家电下乡"，既可转移出口能力，减少贸易顺差和贸易摩擦，又可消化家电行业过剩产能，扭转企业效益普遍下滑的势头。

与单纯控制出口相比，这种方式符合市场经济原则，有利于企业发展，更有利于就业及和谐社会建设。

山东启动"家电下乡"试点

2008年1月10日下午,山东省政府召开新闻发布会,通报了该省"家电下乡"试点工作情况。

中央驻鲁新闻单位、中国香港新闻媒体驻鲁分支机构、省直及济南市主要新闻媒体单位和省财政厅、省经贸委负责人,参加了新闻发布会。

新闻发布会由省政府新闻发言人张德宽主持。

省政府新闻发言人、副秘书长张德宽,发布了山东省"家电下乡"试点工作即日起全面启动的消息。

省财政厅副厅长于国安、省经贸委副主任王德福,分别通报了"家电下乡"试点工作财政补贴以及实施办法和措施。

山东"家电下乡"试点工作全面启动,"家电下乡"的第一台冰箱于2008年1月4日在章丘售出,1月9日,购买冰箱的农民,顺利足额地领到了财政补贴241.5元。

财政部、商务部在烟台召开"家电下乡"试点工作会议,正式部署和启动了山东、河南、四川三省的"家电下乡"试点工作之后,山东省财政厅随后出台了本省"家电下乡"财政补贴细则。

细则规定,山东省所有农民,凡购买彩电单价1500元以下含1500元、冰箱含冰柜单价在2000元以下、手机单价在 1000 元以下电器的，均可享受补贴，上述三类家电的补贴标准是销售价格的 13%。

山东省财政厅副厅长于国安说：

"家电下乡"补贴资金，全部由中央财政和省级财政负担，以减轻地方财政负担。

省里已将 1.78 亿元资金预拨到各市，各市将在 1 月 10 日左右全部下达到县、市、区。

农民购买补贴产品后，销售商会把购买人和标识卡的信息输入信息网络系统。

购买者只要凭发票、标识卡和户口本、身份证，就可以到当地乡镇财政部门申请家电补贴。

山东省经贸委副主任王德福表示，山东将积极抓住 5 个月的试点期限，通过广泛宣传，正确引导，调动广大农村消费者的消费积极性，努力扩大消费需求。

陕西成立工作领导机构

2008年11月19日,国务院常务会议再次明确要求,要在全国范围内推广"家电下乡"。

这是10月13日国家财政部、商务部正式下发"家电下乡"通知后的又一重要举措。

当时,试点在山东、河南、四川三省的基础上,扩展至包括陕西在内的内蒙古、辽宁、湖北、湖南等14个省区市。

与此同时,"家电下乡"的产品,也从彩电、冰箱及冰柜、手机,扩充到4个品类,新增了洗衣机等产品。

而且,彩电下乡也不再局限于普通电视,液晶电视首次被纳入下乡的范围。

这次国务院常务会议,将"家电下乡"作为一项重要的扩大内需的措施,在全国开始推行。于是,2008年12月8日,陕西省在西安临潼区,召开全省"家电下乡"工作会议,开始全面安排部署陕西的"家电下乡"工作。

同年的12月16日,陕西省商务厅、财政厅和咸阳市人民政府,共同在咸阳市人民广场,举行了声势浩大的"家电下乡"启动仪式。

根据统一部署,陕西其他九地、市的"家电下乡",也于同一天开始。

此后，在短短的两个月时间里，如火如荼的"家电下乡"便迅速在全国各地推广开来。

这意味着我国八亿农民，均有机会享受购买家电获取13%货款补贴的优惠政策。

自2007年底试点以来，"家电下乡"对农村消费市场的拉动作用日益显现，而作为全国首批"家电下乡"试点省份之一的陕西，也同样受益匪浅。

对此，陕西省商务厅厅长李雪梅，在2008年12月8日召开的全省"家电下乡"工作会上，乐观地表示："陕西目前有农村人口705万户，如果每户按最高限价四类电器都买的话，一户用于电器消费总计7500元。那么，全省的'家电下乡'最高就可以实现消费528亿元。而退一步来说，即便是按每户平均消费1000元来算，也能达到70.5亿元。"

为了做好全省的"家电下乡"推广工作，陕西当地政府还专门成立了"陕西省'家电下乡'推广工作领导小组"，具体负责"家电下乡"日常工作。

省政府要求各市、县、区政府，也要成立相应的组织领导机构，负责本区域内的"家电下乡"推广工作，将推广工作落到实处。

陕西省商务厅市场建设处副处长李建介绍，对于"家电下乡"，陕西商务厅可以说要求非常具体，全省每个乡镇至少要设立一个家电销售网点，销售网点营业面积不少于150平方米，乡镇每个门店营业面积不少于50

平方米，边远山区乡镇可适当减小，具备送货、安装、调试等服务能力。

　　而且，每个门店都要开设"家电下乡"销售专区、专柜，在明显位置悬挂统一的"家电下乡"指定店标志牌，配备计算机及联网设备和相关操作人员，具备开具税务发票的条件，还必须符合消防安全要求。

　　李健表示，作为国家的一项宏观政策，13%的财政补贴，对刺激陕西农村经济的发展，已经产生了非常显著的效果。

老区红安农民首批受益

2008年12月28日,湖北省"家电下乡"工程启动。红安县兴华乡狮子村的村民曹建民,在红安县家电商场的TCL集团"家电下乡"销售网点,买了一台29英寸的乐华平板彩电。曹建民因此成为湖北省首批"家电下乡"活动的受惠者。

这台电视售价1199元,曹建民可以获得155.87元的财政补贴。

在2009年元旦、春节来临之际,红安县落实国务院和商务部、财政部关于"家电下乡"工作的部署,贯彻全省"家电下乡"工作电视电话会议和全省"家电下乡"产销衔接工作会议精神,抓住元旦、春节"两节"市场的消费旺季,扩大内需,促进消费,调动农民购买家电的积极性。

12月28日,湖北省商务厅、财政厅,黄冈市人民政府,在革命老区红安县联合举办了"湖北省'家电下乡'启动仪式",为老区百姓带来国家的惠农好政策和优质低价的"家电年货",当天销售"家电下乡"产品,就达36件。

老区农民高兴地说:"送'家电下乡'到将军故里,大家都带好了票子,把党和政府为我们送来的这些惠农家电扛回去"。

根据《财政部、商务部关于印发〈"家电下乡"推广工作方案〉的通知》和《商务部、财政部关于做好"家电下乡"推广工作有关问题的通知》精神，湖北省列入全国14个家电下乡推广工作的省、市之一。

国家确定财政补贴"家电下乡"的产品为彩电、冰箱、手机、洗衣机四类，最高限价分别为2000元、2500元、1000元、2000元。

农民凭户籍等有效证明，购买上述产品，国家财政比照出口退税率，按产品销售价格的13%，直接补贴给农民消费者。

补贴资金由中央财政和省级财政共同负担，其中，中央财政负担80%，省级财政负担20%。每户每类产品最多可购买一件。

省商务厅、财政厅为在元旦前夕启动本省"家电下乡"工作，切实采取有效措施，加快了工作进度。

有关部门认真做好"家电下乡"生产和销售企业的调研和实施方案、补贴资金兑付方案的起草工作。

遵循"规范管理、操作便捷"的原则，完成了《湖北省"家电下乡"推广工作实施方案（草案）》《湖北省"家电下乡"补贴资金兑付方案（草案）》。

2008年12月之后，省商务厅、财政厅先后筹备召开了湖北省"家电下乡"产销衔接工作会议和全省"家电下乡"工作会议，进一步贯彻国务院和商务部、财政部关于"家电下乡"工作的决策,传达了全国推广"家电下乡"工作会议精神,进一步部署本省"家电下乡"工作,广泛动员新闻媒体和社会各界,加大"家电下乡"宣传力度,并组织"家电下乡"产销企业进行对口衔接,及时开展产品预售的工作。

省商务厅、财政厅对"家电下乡"工作极为重视,专门进行研究,决心本着好事办好、实事办实的原则,积极稳妥地推进此项工作,并派出若干工作组,深入边远山区农村,实地检查指导,确保让党和政府的惠民利民政策,早日落到实处,让更多的农户得到实惠。

广西启动"家电下乡"活动

2009年的一天，家住广西防城港华石镇的何老伯，在"家电下乡"销售点买到了自己中意的家电产品。

何老伯十分高兴地说："'家电下乡'真是好，我们本来就打算买台冰箱，去看了几次都没买成，'家电下乡'产品中刚好有我们想要买的冰箱，而且还可以享受到政府13%的优惠。知道情况后，我马上带证件去买。商家还帮送货到家，保修期也由原来的3年延长到6年，真值！"

从2008年12月20日广西启动"家电下乡"活动以来，防城港市各职能部门之间，相互协作，措施有力，使"家电下乡"在防城港市得以迅速推广。

"家电下乡"政策，是运用财政补贴来激活农民购买力、积极扩大内需的重要举措，它是一项惠民政策，是深入贯彻落实科学发展观的具体体现。

防城港市根据自治区财政厅、商务厅《关于印发广西"家电下乡"推广工作实施方案的通知》和自治区商务厅、财政厅《关于印发2009年"家电下乡"宣传活动方案的通知》的要求，迅速制定防城港市的实施方案，并下发到各区、县、市。

2009年1月13日，市商务局联合市财政局印发了

《防城港市2009年"家电下乡"宣传活动实施方案》。

4月13日，又印发了《防城港市"家电下乡"大篷车活动实施方案》。

为了贯彻落实好这项工作任务，防城港市各级政府，分别成立了由政府分管领导为组长，财政、商务等部门的领导为副组长，宣传、公安、工商、国税、质监、人民银行等分管领导为成员的"家电下乡"工作领导小组，对推广"家电下乡"工作进行周密的部署。

各级商务部门，加强对"家电下乡"工作的领导，成立工作领导小组，加强综合协调，督导、政策宣传工作，安排专人负责该项工作。

同时，认真学习"家电下乡"有关文件精神，熟悉业务流程，掌握信息管理系统的应用，使各项工作有条不紊地进行。

防城区销售网点金港贸易有限公司经理曾绍伦说："我们这个销售点是海尔专卖店，参与'家电下乡'的产品有冰箱、洗衣机、热水器、空调、彩电等。自从参与这项活动以来，我们的销售量增幅很快，特别是6月19日开始网点直补后，前来购买'家电下乡'产品的农民增加很多，仅这个网点，今年上半年与去年同期相比，销售额提高了60%以上。"

曾绍伦接着说："我们现在销售3台冰箱赚的钱，还没有以前售一台赚的钱多，虽然是薄利，但销量旺，农村市场广，心里很高兴。"

为使"家电下乡"产品符合农村消费特点，防止将城市商品简单地推向农村，甚至将滞销商品向农村转移。商务部、财政部经过充分调研，专门制定了"家电下乡"产品标准，在节能、环保、耐用、安全等方面提出了明确要求。

从招标情况看，许多生产企业有针对性地研发了适合农村的新产品。

在保证产品质量的基础上，还增加了很多适应农村消费环境的新功能。如：宽电压、强信号的彩电；耗电低、冷冻量大、环保的电冰箱；强信号、待机时间长、方便收发农业科技和市场信息的手机；宽电压、宽水压、洗涤量大、方便排水的洗衣机。

同时，引导企业简化包装，降低成本，确保"家电下乡"产品价廉物美。

防城港市"家电下乡"的产品，在原先彩电、冰箱、手机、洗衣机四类基础上，将电脑、空调、热水器、微波炉、电磁炉五类产品，列入了"家电下乡"的补贴范围。产品比市场同类产品价格低了一部分，财政又补贴13%，农民从中真正得到了实惠。

山西制定"家电下乡"方案

2009年2月中旬,山西省阳城县蟒河镇盘龙村农民张小雷,在获知购买家电政府就给补贴的消息后,喜不自胜。

张小雷说:"家里的彩电、洗衣机还是10多年前结婚时买的,早想换了。希望政府能尽快让这些家电产品卖到乡下来,拿上补贴,能节省家里一笔开支。"

事实上,考虑到农村市场对"家电下乡"产品的需求,自2008年11月中旬后,山西进入国务院"家电下乡"第三批"大名单"。

随后,该省各级商务、财政部门,就紧锣密鼓地推进关于"家电下乡"的各项工作,以期能让这一政策早日惠及全省2000余万农民、650万户农村家庭。

根据国务院安排,山西省"家电下乡"工程正式启动的时间是2009年2月1日。

但是,早在2008年11月初,"家电下乡"就被作为扩内需、促消费的一项措施,进入山西省政府部门的决策视野。

当时,省商务厅结合省委、省政府提出的转型发展、安全发展、和谐发展的要求,研究出台了促进内贸流通业发展的10项措施。

其中，省商务厅第一次提出了争取国家支持，在全省组织实施"家电下乡"工程的构想。

同时，省商务厅借鉴试点省份经验，结合本省的实际，研究起草了《山西省"家电下乡"工作实施方案》和《山西省"家电下乡"补贴资金兑付方案》草稿。

2008年12月，山西省"家电下乡"工作，在省委、省政府的高度重视和强力推动下，进入操作阶段。

12月15日，省商务厅会同省财政厅，开始组织遴选20家"家电下乡"销售企业，并很快上报商务部、财政部审批。

2009年1月22日，经过统一招标，青岛海信等20家企业中标，成为山西省"家电下乡"的销售企业。

按照国务院批准的方案，山西省"家电下乡"产品，最初确定为彩电、冰箱及冰柜、洗衣机和手机四大类。

2月上旬，山西省新增摩托车和电脑两个品种，同时补充推荐了10家销售企业进行报批。

对于为何选择上述品种作为本省"家电下乡"的产品，省财政厅副厅长潘贤掌说：

> 这些产品是我省大部分中低收入农民，消费升级所必需的大件消费品。
>
> 农民消费意愿较强，能真正让农民得到实惠。同时技术、性能都比较成熟，生产厂家比较集中，售后服务比较完善。

2月21日,山西省公布了《山西省"家电下乡"补贴资金管理暂行办法》。

该"办法"对"家电下乡"资金补贴方式、标准及资金来源和补贴对象、资金测算、拨付及清算,以及申报兑付等方面内容,进行了详细规定。

"家电下乡"财政补贴,按"家电下乡"产品价格13%的标准计算,每户农民最多可以获得975元的财政补贴。

13%是比照国家平均家电产品出口退税率执行的,等于是国家把家电企业原先享受的税收优惠让农民享受了。

农村居民在了解政策的同时,"家电下乡"产品也很快地进入了农村市场,进入了广大农民的生活中。

邳州市大力支持"家电下乡"

江苏省邳州市,着力为"家电下乡"保驾护航,确保农民受益。

为确保国家支农、惠农政策落到实处,邳州市将全市范围内"家电下乡"经销网点备案登记情况向社会公示,方便消费者有意识、有目的地在规定网点购买所需的家电产品。

同时,邳州市强化家电市场专项整治行动。

邳州市结合农村市场特点,以电视机、洗衣机、电冰箱等家电商品为主要品种,重点检查经营者所售家电来源是否合法、是否为废旧家电翻新、质量是否合格、经营行为是否规范等。

加强市场巡查,加大监管执法力度,严厉打击制售假冒伪劣家用电器商品等违法行为。

与此同时,邳州市还强化退市制度,督促经营者建立健全索证索票、进销货台账、不合格家电退市等。

凡属不合格家电产品,一律下架退市。一旦查获家电经营者用不合格家电产品坑农、害农、损农等不法行为,一律重处,并取消家电经销定点资格。

此外,邳州市还加大维权的力度,发挥"12315"消费维权网络作用,健全消费者咨询和申诉受理、查办、反馈等制度，受理和依法处理消费者对下乡家电商品的申诉举报，及时发布消费警示，保护农村消费者的合法权益。

2009年2月16日，江苏邳州炮车镇圩北村村民张道礼在搬进新居后，他的儿子又为老人买来了"家电下乡"的电视机。

张道礼看着电视节目，高兴地说：

> 新农村建设真好，刚刚搬进新屋，这电就通了，俺还买到了"下乡"的电视机，这心里就像三伏天吃了西瓜一样甜蜜。

邳州"家电下乡"工作启动后，邳州供电公司及时跟进，甘当"家电下乡"的排头兵。

供电公司及时与地方政府有关部门沟通，制订保障"家电下乡"用电的具体措施。

在此基础上，供电公司针对个别村组农村，供用电线路老化、电表计量设备陈旧，导致电压不稳等情况，进一步加快农村电网的改造工程，在建设农电主干网的同时，着力抓好农网建设改造，加快农村户电表改造的步伐。

供电公司还加大农村电网改造力度，切实杜绝农村配网及台区供电"卡脖子"的现象，提高农村居民用电的可靠性。

同时，公司还加大对农电员工的培训力度，集中培训农电员工的业务知识、家电知识，使农电员工普遍掌握家电保养维修技术，及时指导农民用好家用电器，指导农民安全用电。

供电公司还进一步完善农村安全用电、供电服务等监督与考核体系，重点做好供用电安全隐患整治，提高电压合格率和供电可靠性，实现农村居民端电压合格率达到97%，供电可靠性达到99.7%。

在邳州市政府和相关部门的大力支持下，"家电下乡"工作得以顺畅地向前发展，这大大提高了广大群众对购买家电产品的热情。

基层部门抓好政策落实

2009年3月19日,湖南省常德市临澧县官亭乡彭市村村民孙昌文,在"家电下乡"销售网点,买了一台冰箱和一台电视。

孙昌文一脸兴奋地说:"现在买家电,政府有补贴,真合算。等几天,我还要买部新手机。"

为了将"家电下乡"这一惠农举措真正地落到实处,临澧县确定了53家符合"家电下乡"推广项目的销售网点,覆盖全县各个乡镇。

同时,该县还出台了"家电下乡"推广工作实施方案,明确要求县财政局机关有关部室及乡镇(区)财税所取消双休日,扎实开展此项工作,并将此工作纳入2009年目标考核范围。

有关部门信息登录情况,一天一统计,一天一汇报,一周一通报。

农民朋友购买"家电下乡"产品,必须在30个工作日内,将财政补贴的13%通过农村信用合作社打卡发放到位。

辽宁省丹东市宽甸县在学习实践科学发展观活动中,贯彻落实国家"家电下乡"和"农机下乡"的相关优惠政策,加大宣传力度,做好售后服务,让农民得实惠。

宽甸县落实惠农政策，加强销售监管，开展"送家电下乡"行动。

商业部门根据国家、省、市商业、财政部门的统一要求，倾心做好"家电下乡"这一惠民工程。

宽甸县有关部门积极做好"家电下乡"的政策和信息宣传工作，让农民在第一时间里了解"家电下乡"的优惠信息。

同时，做好"惠民"的桥梁，要求各代理商家，制订销售管理方面的工作制度，建立专门的"家电下乡"管理账目，由专人负责乡镇12个销售网点的信息沟通、送货、调货业务，保证了"家电下乡"工作顺畅有序地进行。

为了更好地落实惠农这项政策，江西省赣州市岭北镇采取强有力的措施，认真审核补贴范围和对象，严格执行补贴标准，确保在预计的时间内，及时将"家电下乡"补贴资金足额兑付到购买"家电下乡"商品的农户手中。

岭北镇成立了以镇长为组长、财政所长和驻村镇干部为成员的领导小组。通过宣传栏和印发宣传资料等广泛宣传"家电下乡"的国家政策。

驻村的镇干部和村组干部深入到农户家中，积极地宣传政策，鼓励和支持农户踊跃购买"家电下乡"商品。

岭北镇政府要求全体镇、村干部都熟悉工作流程，业务实行"问责制"，并免费为农户复印相关证件，对销售网点漏登的农户，及时与销售方取得联系并登记，消除农户购买"家电下乡"商品的疑虑。

买了家电后，办理报销手续的定南县岭北镇玉石村村民李三忖十分高兴地说：

"家电下乡"财政补贴是一项惠农、富农的政策，我们农民群众举双手拥护！

武宁县保障补贴款及时到位

2009年，江西武宁县新宁镇新宁村城内组农民昔宏全花了2499元，在指定的"家电下乡"销售网点购买了一台海尔电冰箱。

在购买冰箱6天后，昔宏全就按规定领到了324.87元的"家电下乡"补贴。

昔宏全高兴地说："'家电下乡'是党和政府为农民办的一件大好事，我买的电器比原价便宜了300多元。咱买家电，政府发补贴。有了它，以后天天都能吃上新鲜的肉和菜了！"

"家电下乡"是党中央国务院制定的惠农政策之一。为了让更多的农民受益，武宁县县委、县政府，专门成立了由副县长任组长，商务、财政部门负责人任副组长，相关部门为成员的"家电下乡"推广工作领导小组。

县财政局、乡镇财税所，充分利用黑板宣传栏、张贴通告等形式，深入宣传"家电下乡"政策以及补贴发放程序，明确各项补贴具体问题。

同时，全县还和信用社、家电销售企业协调，简化补贴手续，尽量方便农民。

此外还作出了规定，只要购买家电的农民，提供有效的身份证、户口簿、产品标志卡、"一卡通"存折，即可到当地乡镇政府"家电下乡"补贴办公室,申报补贴登记。

财政部门根据审核确认的农户信息,生成资金发放文件,定期将补贴资金直接打入农户的"一本通"存折,购买人在 7 个工作日内即可领到补贴款。

在资金管理上,全县采取"县级预拨、乡级审核、乡级兑付"的办法,将家电补贴资金,直接下达到各乡镇,要求各财税所实行专户管理、专账核算、专款专用,让"家电下乡"补贴资金,能够安全、准确、及时地发放到广大农民手中。

补贴促进钦州农民购家电

"家电下乡"活动,自2008年12月1日正式启动后,在短短的4个月里,广西钦州市购买家电的农民已获得了16万元的补贴。

由于下乡家电品种增多和限购数量的增加,这大大激起了农民的购买欲望。

钦州市商务局有关负责人说,至2009年3月28日,全市共备案了下乡家电销售网点224个,销售"家电下乡"产品4407件,销售额达714.91万元。

市财政局的负责人说,截至2009年3月27日,财政部门已向农民朋友补贴资金15.93万元;已通过核查,正在办理补贴的金额15.72万元;受理申报的有31.65万元,这些补贴金很快就可以发补到农民群众的手中。

钦州市财政局有关负责人认为,这些只是为期多年的"家电下乡"活动的开始。

这位负责人说:

这样的一组数字对于我们来说,还不尽如人意。补贴资金是绝对充足的,农民朋友们尽可放心。

在市区的一家"家电下乡"销售网点，商场里的一位家电销售负责人说，前来选购家电的顾客大多都是农民朋友。

这位负责人说，自从被定为"家电下乡"销售网点后，每天来选购家电的农民顾客络绎不绝，商场家电的销售量比同期翻了一番。

一位从钦南区尖山镇前来购买家电的农民说，他是看到村里其他村民买了家电，得到补贴之后，才动了买家电的心思。他说，这次来是想买一台冰箱，冰箱能给生活带来很大的方便。

这位农民朋友接着说刚一开始，他还不太相信有这样的好事。但是，在自己看到媒体上的宣传，以及买了家电的村民们得到实惠之后，他才最终下定了购买家电的决心。

从 2008 年 12 月开始，"家电下乡"品种只有冰箱、彩电、手机、洗衣机四类。

虽然这几类产品是农民朋友家里常用的电器，但是，随着新农村建设和农民生活水平的不断提高，电脑、空调等一些更为高档的家电，对农村家庭来说也显得越发重要。

2009 年初，国家决定将"家电下乡"的产品种类，由原来的四类增加到十类，增加了摩托车、电脑、热水器、空调、微波炉和电磁炉六类。其中，摩托车列入了汽车下乡补贴渠道实施。

同时，国家还调整了补贴产品限购政策，将原来限购一台增加到了两台。这样一来，农民就可以享受到更多的补贴实惠。

在全国各地的农村地区，只要谈到关于"家电下乡"的话题，听到农民反映最多的，就是自己得到了实惠，他们希望这一惠农政策，能够长期地坚持下去。

宁夏拉开"家电下乡"序幕

2009年2月28日，在宁夏回族自治区商务厅以及银川市、贺兰县政府的配合下，经过一个多月的精心准备，在贺兰县立岗镇成功举行了全区"家电下乡"启动仪式。

自治区副主席李锐同商务厅、财政厅及银川市、石嘴山市、吴忠市、中卫市、固原市、贺兰县委和县政府的领导，以及从事家电经营的企业和立岗镇群众约1600余人，参加了这次启动仪式。

宁夏14家"家电下乡"中标企业，设立展销点，展出"家电下乡"的产品彩电、冰箱、洗衣机、手机200余种，供参会人员选购。

贺兰县供销社、财政局及销售企业，现场发放宣传材料，有关人员对农民就"家电下乡"的提问按政策规定一一作了认真的解答。

在这次启动仪式上，自治区商务厅领导马夫讲话。他说：

> 党和政府实施"家电下乡"，是扩大农村消费、提高农民生活质量的一项惠民政策，此举使我区98万户农民受益。
>
> "家电下乡"产品约1000多种，从即日起，

农民群众可以在任何一家网点，购买"家电下乡"产品，并得到财政补贴。

马夫还对"家电下乡"的工作，提出了几条具体的要求：

一是各级领导要高度重视，切实抓好；二是加大政策宣传，使之家喻户晓；三是加强市场监管，及时查处不合格产品，维护农民群众利益；四是对购买家电的农民及时发放补贴。

贺兰县农民代表说：

"家电下乡"是农民盼望已久的大好事，感谢党和政府给予我们的惠民政策，感谢党和政府对我们农民的关怀。

期盼加大"家电下乡"产品的补贴标准和范围，让农民买得起、用得上，产品结构要合理，质量和售后服务要保证，产品货源要齐全，资金补贴要到位。

中标企业代表海尔公司宣誓：

为农民提供的"家电下乡"产品做到货真

价实、服务周到，让农民满意，让政府放心，确保农民的利益。

最后，自治区副主席李锐宣布：

  宁夏回族自治区"家电下乡"工作正式启动。

启动仪式在隆重的气氛中，拉开了宁夏回族自治区"家电下乡"活动的序幕。

容城县开展贴心服务业务

政府从2009年2月1日起,将"家电下乡"推广到全国,各地实施时间统一暂定为4年。

虽然各地的交通条件大大改善,但是,农民进趟县城也很耽误时间。怎么能让农民在"家电下乡"活动中少跑冤枉路,也是有关部门负责同志考虑的问题之一。

时任河北省保定市容城县商务局局长的陈永平说:"容城县是在3月24日,正式启动的'家电下乡'这一活动。在此之前,政府进行了广泛宣传,不仅天天在电视上滚动播出相关信息,而且还印刷了大量《'家电下乡'明白纸》发放到广大农村。"

在容城县散发的《"家电下乡"明白纸》上,可以看到针对这一活动的五项说明:

我县"家电下乡"具体政策是什么?

如何识别"家电下乡"产品?

农村居民购买"家电下乡"产品的程序是什么?

农村居民购买家电产品时补贴资金程序是什么?

农村居民购买家电产品后如何退换产品?

一项项条款，印得清楚，说得明白，让农民在采购家电之前，便对"家电下乡"这一政策有了一个大致的了解。

这一天，平王乡的王得山老人到县城华联商厦买彩电。

王得山说："家里一共6口人，现在唯一的一台25英寸彩电，是5年前买的。晚上看电视，家人经常抢台。现在趁着'家电下乡'的机会，想再买一台29英寸的大彩电。"

头完彩电后，王得山的身份证、户口本等证明材料在商厦就给复印好了，省得老人为了复印，又得在县城里乱转。

王得山高兴地说："现在商家服务就是周到，本来不该人家办的事，都替咱想着，帮咱交材料。几天后补贴又直接打到粮补的存折里。你说这让咱少跑多少道啊？"

为了保证这一活动让农民真正受益，保证家电产品的质量，容城县相关部门采取了层层措施，确保家电品质。

容城县对"家电下乡"销售网点的资质有明确要求：

> 必须是中标销售企业的直营、加盟或授权网点；销售规模及服务水平居县内前列，具备送货、安装调试、维修保养等服务能力；必须

具备开具税务发票的条件；必须配备计算机及联网设备和相关操作人员。

同时，县政府还对货源组织和销售价格进行了严格规定。

县政府为此还专门成立了"家电下乡"工作领导小组，由主管副县长任组长，包括商务局、财政局、公安局、质监局等9家单位和全县8个乡镇为成员，做好政府组织协调和监督工作。

在"家电下乡"活动启动之前，县工作小组通过各种方式，公开全县24家中标销售网点和8大类家电。

为了防止个别商家的欺诈行为，商务局专门对这24家网点进行了3次业务培训，尤其对产品质量和售后环节提出了具体要求。

同时，工作小组还公布了举报电话，对坑农害农事件一经查实，严惩不贷。

商厦经理李岩说："作为商家，我们首先保证上货渠道正规，其次保证卖出去的商品原装原货。农村居民只要到指定的销售网点购买家电，肯定不会出质量问题，就是有问题，也可以按照正规渠道进行调换或退赔。"

容城县"家电下乡"补贴款发放，由县财政局具体负责。

县财政局有关负责人说：

我们争取做到在一周之内，把补贴款返还给农户，让农民早一点享受到"家电下乡"带来的实惠。

扩大"家电下乡"使家电企业可以在出口不利的情况下，及时调整企业经营策略，促进家电市场及消费需求的良性发展。

在全国范围内推广"家电下乡"，对农民购买家电实行财政补贴，是我国扩大内需，尤其是挖掘农村消费市场潜力、缓解家电行业困境、确保经济平稳较快发展的一项重要措施。

广西现场兑付补贴款

2009年5月1日起,广西开展简化"家电下乡"补贴审核兑付程序试点工作。

"家电下乡"是惠农强农,带动工业生产,促进消费拉动内需的一项重要措施。

随着"家电下乡"的逐步实施,广西壮族自治区的农民群众购买"家电下乡"产品的热情不断高涨。如何让农民放心、便捷地领到补贴款,是"家电下乡"活动的关键环节。

简化后的补贴办法,取消了乡镇财政所审核、县财政局兑付环节,改为销售网点代审、乡镇财政所兑付,补贴兑现时间缩短为7至10天。

从2009年6月15日起,广西实施在销售网点直接兑付补贴款的办法,让农民购买家电的同时,就能领到补贴款。

现场兑付补贴款办法的实施,进一步推动了广西"家电下乡"产品的销售,进一步调动广大农民群众购买"家电下乡"产品的积极性。

农民莫星兰这一天来领取补贴。莫星兰是在6月29日,在南宁市武鸣县强利家电城开业那天买了一台空调。

莫星兰说:"我是这个商场开业的第一个顾客,那天材料没带齐，今天来领补贴。"

莫星兰说："我买的这台空调2398元，领到了311元钱的补贴款。这个款式的空调，我去年就开始看了，但一直觉得价格太高没买。现在，居然能以这么便宜的价格买到。我还想看看冰箱，合适的话，再搬一台回去。"

莫星兰还说，村里的人知道"家电下乡"有政府补贴的消息后，纷纷购买家里需要的家电产品。有的村民甚至购买了两件"家电下乡"产品。

南宁市武鸣县强利家电城的潘经理说，"家电下乡"让农民得实惠，是显而易见的。

在开展"家电下乡"前，某品牌的一台洗衣机是2100元。该产品在成为"家电下乡"中标产品后，价格降为1710元，农民朋友购买该机型可省下612.3元。

此外，销售企业把店延伸到了县乡，又进一步方便了农民朋友购买家电产品及领取补贴款。同时，他们不断改善服务，联合厂商免费上门开展售后服务，并实行了县城50公里半径内，免费送货上门的服务。

2009年7月4日，在江苏省淮安市淮阴区渔沟镇沈大爷的家里，一台崭新的冰箱被放置在楼下大厅的一角。

沈大爷说，这台冰箱是上个月从镇上买的，2400多元的价格减去补贴后只花了2088元。

在徐州市铜山县何桥镇宗庄村，刚刚购买了双开门冰箱的村民王波说："这台冰箱中标价是1699元，能领到220元的补贴，真是太划算了！"

"家电下乡"自2009年2月起在全国开展，补贴品种逐渐增加，政策实施力度不断加大，这为广大农民提供了广阔的家电消费空间。

经过几个月的开展之后，"家电下乡"工作取得了明显成效，扩大了农村消费市场，受到了农民的普遍欢迎。它让农民实实在在得到了好处，提高了农民的生活水平，共享了经济社会发展的成果。

二、踊跃参与

- 海尔集团天津公司彩电部经理张伟说:"作为中标的'家电下乡'生产企业,我们将切实承担起'家电下乡'产品的生产、销售、服务责任。"

- 秦州区商务局局长辛旭忠说:"我们本着'把好事办实,把实事办好'的原则,认真做好'家电下乡'各项工作,全面搞好政策宣传和补贴资金的兑付。"

- 仙游县供销合作社主任林顺裕说:"我们将全力为'家电下乡'提供维修等服务保障,为'家电下乡'售后服务提供有力支撑。"

楚州电信局积极参与活动

2007年,江苏省全省行政村"村村通"工程,信息田园农村综合信息服务平台,掀起了信息化农村建设的新热潮。

淮安市楚州电信公司充分发挥资源优势,与政府部门和厂商保持双向联动,充分挖掘潜力,联合众多企业,共同为提高农村的网络服务水平和信息化建设水平贡献力量,全面推进"家电下乡"工作。

楚州电信公司一直是楚州农村信息化建设的主力军。由于全省各分公司的努力,全省农村信息化工程走在全国前列。

楚州电信公司积极参与"家电下乡"工作,让广大农民朋友用上性价比高、服务有保障的信息化通讯产品,丰富农民朋友的精神文化生活,开拓他们的眼界,给他们提供更多商机,帮助广大农民朋友了解国家政策、获取更多市场信息、学习生产技术,促进农民增收。

通过"家电下乡",楚州电信公司持续、全面地提升农村信息化的水平,大力发展农村通信,改善基础信息设置环境,逐步消除城乡之间的信息鸿沟,使农村真正信息化,使日新月异的信息技术转化为可喜成果,真正惠及广大农村。

楚州电信公司还利用自身的网点优势，加大这项惠农政策的宣传，确保"家电下乡"的各类信息尽快传达到各乡、镇、村。

在销售政策方面，针对农村用户的需求，楚州电信公司推出信息大礼包，即在政府对"家电下乡"给予补贴13%的基础上，通过"购买手机赠话费"的方式，再给予农村用户话费补贴，并提供手机、话费、特色业务的组合优惠补贴。

在监督管理方面，楚州电信公司通过市场调查、专项检查、电话回访等各种手段，及时了解"家电下乡"营销政策的执行情况、补贴落实情况，采取乡镇营业厅，信息服务站、点，农村综合服务员及代理服务点等多种形式，提高"家电下乡"销售网络覆盖率。

此外，楚州电信公司努力提高销售服务水平，构建星型销售网络，采用多样化的销售手段，及时录入终端销售信息，提供补贴兑付咨询服务，把惠民的好政策办好办到位。

郾城区下发补贴兑付方案

2008年初，河南省漯河市郾城区裴城镇坡刘村农民何文友，在裴城镇指定的"家电下乡"销售网点购买了一台价值1750元的电冰箱。

4月20日上午，何文友就从该镇信用社领取了227.5元的家电补贴金。

何文友是郾城区"家电下乡"活动的第一批受益者之一。

2008年1月份，河南省商务厅"家电下乡"工作电视电话会议结束后，郾城区立即对这项工作进行了安排部署，成立了"家电下乡"补贴资金审核办公室，建立了城、乡、企业联系制度，公布了"家电下乡"联系电话，确定了17个"家电下乡"销售网点。

郾城区商务和财政部门还联合下发了《"家电下乡"财政补贴兑付方案》：

> 凡是具有郾城区农业户籍的农民，在规定的时间内到指定的销售网点购买补贴类家电产品的，均给予销售价格13%的财政补贴资金。

为确保群众及时领到家电补贴资金，郾城区商务和财政部门在农村信用社开设"'家电下乡'补贴资金"专户，将补贴资金直接兑付到购买人粮食直补存款专用账户上。

农户购买补贴类家电后，只要及时持身份证、发票原件、产品标志卡、粮食直补卡账号等有关材料，在户口所在地"家电下乡"补贴资金审核办公室办理手续后，即可领取补贴资金。

"家电下乡"活动不仅让群众从中受益，而且惠及了商户。

郾城区隆鑫家电销售网点的经理常洪继十分高兴地说："自从'家电下乡'活动开展以来，我们已经销售出补贴类家电89台，生意比以前好多了，现在我们做生意是越做越有劲了！"

"家电下乡"既让农民获得了实惠，也让众多的商家获得了商机，得到了发展。

渠县将补贴直接打入农民账户

2008年,四川省渠县土溪镇先锋村二组的村民张玉林,与家人商量后在离家不远的土溪镇街上,花了1880元买了一台TCL冰箱。

让张玉林和家人高兴的是,他买这台冰箱,不仅质量好,而且很实惠。

张玉林说:

> 现在的政策很好,我买这台冰箱,质量是信得过的。从国家补贴这个角度讲,我可以得到200多元的补贴。

为了让老百姓在"家电下乡"活动中,真正地得到实惠,渠县借助粮食直补的做法和平台,通过建立直补渠道,直接将所购家电13%的补贴资金打入到农户的一折通账户上。不留中间环节,确保这项惠民利民的举措真正落到实处。

为了让老百姓真正买到质优价廉的家电产品,渠县在60个乡镇采取定型号、定品种、限价格的"两定一限"办法,要求经销商必须及时地组织一批质优价廉的农民真正需要的家电,搞好跟踪服务,方便农民就近购买。

渠县土溪镇 TCL 指定经销商赵昌瑞说:"我作为一个特约经销商,要多进一些农民朋友喜欢的产品,为他们搞好服务。"

四川长虹支援地震灾区

2008年6月25日，四川长虹将爱心服务大篷车纳入"家电下乡"销售网点，大大提高了"家电下乡"的销量。

灾区农民群众，在大篷车购买"家电下乡"产品，享受销售价格13%的补贴，同时还可以继续享受长虹以旧换新的双重优惠。

根据商务部、财政部"家电下乡"工作的实施要求，四川省"家电下乡"工作，截止日期由原定的2008年5月31日，延期至2008年12月31日。

由于受到地震灾害的影响，受灾地区销售网点和服务网点都不同程度地遭到破坏，致使农民朋友无法按需购买"家电下乡"产品。

为此，长虹将这次"一起来共建家园"爱心大行动与"家电下乡"活动结合起来，专门增设爱心服务大篷车为"家电下乡"销售点。

四川长虹在产品军工质量保证、超高性价比、高效的下乡渠道等优势下，销售现场为灾区群众提供"家电下乡"的彩电、手机、冰箱、冷柜等35个型号产品的展示和销售。

灾区群众凭借证件，在大篷车购买中标型号的家用电器，在享受政府补贴的同时，继续享受长虹爱心服务活动提供的"共建价"优惠。

2008年12月初，四川长虹在全面中标之后，又开始了新一轮的"家电下乡"，产品送货服务车再一次开进了地震灾区，开始灾区新一轮"家电下乡"销售和服务升级。

四川省商务厅厅长谢开华表示：

四川长虹将"家电下乡"与灾后重建紧密结合，进一步扩大和落实了"家电下乡"，同时也大大促进了灾后重建工作的推进。

四川长虹市场部部长邓孝辉表示：

开拓农村市场，是四川长虹多年来致力的目标，"家电下乡"将成为长虹深入农村的巨大推动力。

邓孝辉说，在产品方面，在前期试点的经验上，四川长虹进一步进行针对性研发，从可靠性、功能性、操作实用性等角度出发，面向试点区域，重点推出了"家电下乡"特色产品，如超强接收的长虹高清晰彩电，超长待机的长虹手机等。

长虹有关工作人员表示，"家电下乡"活动既有利于改善农民生活，又有利于促进企业发展。对于家电企业来说，最重要的应该是保证产品质量，不给农民利益造成损害。

"家电下乡"项目的实施，虽然能为老百姓带来真正的实惠，但是由于农村分散广阔、地域差异性大、交通不便，也造成了企业销售和服务的困难。

因此，在服务方面，为彻底解决农村市场服务难题，四川长虹打造家电服务高速公路直通农村，完成了从原来"一县多点"向"一镇一点"的深入，实现了100%完全覆盖。

长虹人以自己的实际行动，以不断进取的精神，为"家电下乡"工作的顺利开展做着坚持不懈的努力。

中标企业严把家电质量关

实施"家电下乡"工程，是党中央、国务院作出的一项重大决策，面对"家电下乡"这项民心工程，天津市区县农民，最关心的就是下乡家电的质量问题。

为此，天津市商务委、市质监局、市工商局等部门，加大对家电生产企业和流通企业的监管，严把家电质量关，确保农民朋友可以买到质优价廉、满意的家电产品。

在宝坻区劝宝超市的仓库，储备了大批"家电下乡"产品。超市总经理杨景奎认为，具有"家电下乡"流通企业资格的企业，都是经过国家财政部、商务部竞标后取得的。

杨景奎还说："我们在宝坻建立了500多家网点、直营店和加盟店，采取统一采购，和天津公布的19家中标单位，直接签订订单，都是专门的家电指定产品。为保证产品质量，我们专门成立'家电下乡'领导小组，确保保证质量，保证价格不涨价，我们有专门送货车送到农民家中。"

为了便于农民更好地识别"家电下乡"指定销售网点，商务部、财政部专门制订了统一的"家电下乡"销售门店标志，要求销售网点在明显位置悬挂，并张贴统一的"家电下乡"产品公示栏和农民购买须知。

在劝宝超市家电区的卖场中，在电视、冰箱、洗衣机、电脑等十大类产品的外包装上，都有一个菱形的红色标志，下面用红字写着"财政部商务部'家电下乡'中标产品"。

同时，在洗衣机、彩电、冰箱外包装的左侧面右上角，还印制"家电下乡"产品说明，也是红色字样。

为了让农民消费者能够明白消费，在"家电下乡"产品的说明书里，都有一张红色的"'家电下乡'产品标志卡"，这就仿佛让下乡家电有了一张"身份证"，能够在网络上查到这件家电是否是"家电下乡"产品。

杨景奎说："它就像一张身份证，这样下乡家电就有了追索制，从生产到检验到流通各个环节都能追索，农民花的每一分钱都是清清楚楚的，出现问题能马上找到源头。"

海尔集团天津公司彩电部经理张伟表示，保证下乡家电质量是公司秉承的一贯宗旨，国家这项民心工程得以顺利实施，保证质量是关键环节之一。

张伟说：

我们承诺，质量是我们永恒的主题，服务是我们永远的追求，作为中标的"家电下乡"生产企业，我们将切实承担起"家电下乡"产品的生产、销售、服务责任。

张伟还强调,"家电下乡"产品质量第一道防线,就是做好漏电保护装置。

张伟说:"目前,我国农村家庭供电系统基础薄弱、漏电保护装置缺乏规范安装,用电环境的安全隐患较多,因此必须确保'家电下乡'产品的质量安全,才能使得这一政策顺利施行。"

海信集团空调部经理常林博说,在保证质量的前提下,防止将城市商品简单推向农村,更不能将滞销商品向农村转移。

有关负责人说:"配合'家电下乡'和开拓农村市场,在设计上更加符合农民的需求。例如,针对农民房屋没有避雷设施,设计了防雷击的彩电,针对农村电压不稳,开发了220伏至750伏的宽电压产品,在洗衣机上安装了防老鼠的防护网等。"

为使"家电下乡"产品符合农村消费特点,切实维护农民利益,商务部、财政部经过充分调研,专门制订了"家电下乡"产品标准,在节能、环保、耐用、安全等方面提出明确要求。

同时,引导企业通过简化不适合农村消费的功能和包装,降低生产成本,确保"家电下乡"产品质量可靠、功能实用、价廉物美。

从招标情况看,许多生产企业有针对性地研发了适合农村的新产品,在保证产品质量的基础上,还增加了很多适应农村消费环境的新功能,如电冰箱的防鼠板、电冰箱平衡装置、手机的农村信息功能和洗衣机进排水管多次弯曲性能等。

为保证下乡产品的供应、销售及维修服务，对参加"家电下乡"工作的生产和流通企业，在生产、配送、销售、维修等方面都提出了明确要求。

如加强中标产品的生产，积极联系乡村基层组织开展农民购买意愿调查、组织好货源，确保不脱销、不断档。

对蓟县等山区组织好团购，做到送货上门、搞好安装调试和使用辅导。严格执行国家三包规定，强化维修服务网点，开展巡回维修服务等。

这些要求，已在企业中标协议中予以明确，中标企业必须履行。

实施地区商务、财政部门也根据自身实际情况制订了详细实施方案，确保农民买得放心、用得满意，享受到与城里人一样高质量的服务。

盛庄街道强化政策落实

山东省临沂市盛庄街道,高度重视"家电下乡"工作,积极行动,认真部署,采取多种有效的措施,切实将国家的惠农政策送到群众的心间。

"家电下乡"实施一年来,盛庄街道共兑付"家电下乡"补贴款15.6万元,有900余户农民从中受益。

"家电下乡"是中央扩大内需,刺激农村消费的一项惠农民心工程。盛庄街道对此高度重视,精心部署,建立健全了工作组织和责任追究机制,并从街道财政所抽调专人,全程负责该项工作的宣传动员、资金发放、监督管理等。

为了深入地了解"家电下乡"政策,盛庄街道财政所工作人员,对《临沂市"家电下乡"实施方案》和《临沂市"家电下乡"财政补贴资金管理办法》进行了认真的学习。

同时,盛庄街道充分利用各社区、村的宣传栏、读报栏、广播等舆论宣传阵地,加大对"家电下乡"政策的宣传力度。

盛庄街道还把《"家电下乡"补贴流程》张贴上墙,让广大农民群众及时了解"家电下乡"的补贴产品、补贴内容和补贴流程,使这项惠民政策做到家喻户晓,深入人心。

尚屯社区居民胡兆田在盛庄农村信用社领取了家电补贴款后，十分高兴地说："我购买了一台'家电下乡'系列的长虹电视机，花了638元，国家给咱补助了82.9元。"

胡兆田还十分感慨地说："钱虽然不多，但是能顶我家两三个月的电费了，国家的'家电下乡'政策真是真金白银啊！"

紧急启动售后服务车工程

2009年1月1日,河南省柘城陈青集乡村民张志杰,开着一辆崭新的四季沐歌太阳能售后服务车回到了家乡。

刚打工返乡回家的张志杰,突然成了老板,还开上了小车,这件事让整个村子沸腾了起来。

大批农民工返乡问题,成为当前社会最关注的话题,如何拉动内需、为农民工创造良好的再就业、创业环境,也成为各地政府工作的重心。

为扩大农村消费,改善农民生活条件,国家推出了"家电下乡"政策:在2007年底,国家推出了"家电下乡"的政策思路;在2009年2月1日,国家又将太阳能等产品纳入了"家电下乡"补贴范围,这无疑为太阳能行业开拓了一个更宽广的市场。

为备战"家电下乡",北京四季沐歌太阳能技术有限公司紧急启动了"万辆绿篷车"工程。

然而,太阳能要"下乡"就必须解决4个方面的问题,即适合农村需求的产品;遍布乡镇的销售网点;便捷的物流;有保障的售后服务。

四季沐歌太阳能营销副总李骏说,针对农村水质差、水质硬、水压不稳等问题,四季沐歌研制了适用于农村市场的专门订制的产品。

而通过奖励、补贴、赠送等方式普及服务车，能够吸引广大农民投身到太阳能事业中来，这有利于解决后3个方面的问题。

有关人士认为，四季沐歌"万辆绿篷车"工程可谓一举多得。用奖励车的方式来鼓励、引导、推动农民加入太阳能行业，一方面解决了销售渠道问题、产品物流问题、售后服务问题，为太阳能下乡扫除了各种障碍。另一方面，一个乡镇太阳能分销商一次性投入3万至5万元，当年就能收回全部成本，同时至少还能解决3至4个人的就业。

这有力地促进了农民的创业并可以带动当地人员的再就业，为国家排忧解难。

张志杰看着自己的新车，心里感到特别高兴，他说："原本以为返乡失业了，四季沐歌公司不仅赠送车辆，鼓励我们创业，还为我们经销商及安装工购买了保额3亿元的人身意外伤害险，消除了我们的后顾之忧。"

为了"家电下乡"工程的顺利开展，许多有识之士和企业都投入到这一惠民工程中来。这不仅使自身获得了经济效益，也获得了社会效益，可谓双丰收。

崆峒区启动"家电下乡"工程

2009年2月13日,平凉市在崆峒区四十里铺镇举办"家电下乡"启动仪式,吸引了不少农民群众赶来买家电。

"补贴'家电下乡'来了!"这一消息,就像一股和煦的春风一样,吹遍了甘肃省平凉市崆峒区四十里铺的集镇,四村八乡的农民拥向集镇,把"家电下乡"的展示台围了个水泄不通。

崆峒区白水铺王寨村农民杨勇兴奋地说:"早就盼着'家电下乡'了,我家那台冰箱也该退休了,今天专程赶来买一台高档点的。"

杨勇在挑了一台售价2000元的全自动冰箱后,工作人员给他算了一笔账。根据政策,杨勇购买这台全自动冰箱后,将得到260元的财政补贴。

2月18日,平凉宏盛家电超市打出的广告格外引人注目:

> 买下乡家电,政府补贴13%。
> "家电下乡"产品标准:节能、环保、耐用、安全!

"我想买台洗衣机，不知道要些什么手续？"在平凉宏盛家电超市的咨询台前，前来购买家电的农民群众正详细询问"家电下乡"的一些具体情况。

咨询台工作人员王茹，面带微笑，一一回答大家提出的问题。

王茹说："在购买网点输入随机产品标志卡后，您只要带上户口簿、身份证复印件和农补存折，凭税务发票，15天后，补贴资金就会直接打到您个人所在乡镇的存折上。"

与此同时，营业员杨丽正耐心地向农民群众介绍着下乡的家电产品。

杨丽热情地介绍说："您看，'家电下乡'的产品都印有'家电下乡'的标志，外包装盒上明码标价，绝对全国统一价……"

超市副经理袁大生说，他们开展"家电下乡"仅5天时间，彩电、冰箱、洗衣机等家电就比去年同期多销了一倍多。

崆峒区第一批已确认的8户"家电下乡"销售企业网点，产品销售情况非常好。

农民挑选购买家电就像过节一样，每个人心里都充满了欣喜，感谢国家出台的这一好政策。

昭通市国税机关履行职责

2009年3月9日,云南省昭通市委、市政府,昭阳区委、区政府在昭阳区海楼路体育馆广场,联合举行昭通市"家电下乡"启动仪式。

"家电下乡"这一惠民政策,是党中央、国务院应对金融危机运用的积极的财政政策,对扩大国内需求,拉动农村现代流动体系,促进新农村建设,具有积极的推动作用。

昭通市、昭阳区政府相关领导、区"家电下乡"推广工作领导小组的成员,财政、经贸、广电、公安、工商、质检、税务等部门,以及龙泉、凤凰、太平办事处的群众参加了这次会议。

昭阳区国家税务局组织20名干部,与相关部门一起积极参加"家电下乡"的税收政策宣传,并表态提高优质服务。

在"家电下乡"启动仪式上,区委副书记、区长曹阜忠发表了动员讲话。

海尔企业和长虹企业代表,分别介绍了各自的企业品牌,让在场的群众及时、全面地了解"家电下乡"工作的政策。

对于"家电下乡"这项利国、利民、利企的民心工程，本着把好事办好、实事办实的原则，有关部门精心组织，强化措施，落实政策，把党和政府的关怀全心全意地送到农民手中。

各相关部门通力协调配合，认真履行职责，切实落实对农民购买家电实行财政补贴的政策。

国税机关站在自身工作职责的角度，认真抓好发票的监督和管理，加强对售出发票，尤其是对参加"家电下乡"企业发票使用的日常检查和审核，强化以票控税力度，优化税收服务。

通过严谨认真的工作，让"家电下乡"惠民政策落在实处，真正使政府得到民心，企业得到利益，老百姓得到实惠，为促进社会主义新农村建设作出新的贡献。

甘肃商务部门推进"家电下乡"活动

2009年3月22日,甘肃省肃州区总寨镇清泉村郭金夫妻俩,一早就乘车来到了酒泉市专门设立的"家电下乡"销售中心洪洋家电商业广场,选购心仪已久的冰箱。

转遍了所有的经销点,郭金和妻子最终选中了一款价值2200多元的海尔冰箱。

按照"家电下乡"政策,郭金可以享受到13%的政府补贴。这样一来,郭金花2000块钱就买到这台冰箱,两口子心里别提有多高兴了。

比郭金夫妻俩还高兴的是果园乡小坝沟村的李明泉。李明泉和儿子领着即将要过门的儿媳妇,买到了中意的西门子冰箱和海尔洗衣机,李明泉显得格外兴奋。

李明泉高兴地说:"总共花了3600多元,能领500元的补助呢。"

李明泉还十分感慨地说:

> 国家现在对我们农民的政策越来越好了,种粮补、养猪补、买农机具补,现在买家电也补。在过去,这是想都不敢想的事。

酒泉市商务局局长吕积清说,为落实国家出台的

"家电下乡"拉动内需的重要举措,酒泉市商务局按照政府统一部署,从2009年2月1日起,在全市范围内开展了"家电下乡"活动。

为了让农民兄弟得到实实在在的优惠,酒泉市专门成立了"家电下乡"协调领导小组,利用广播、电视、报纸等媒介,大力宣传"家电下乡"相关政策。

同时,还对商务和财政部门工作人员进行了严格的培训。

有关部门在洪洋商业广场专门设立了"家电下乡"销售服务中心,统一下乡家电产品的经营和管理,让农民在一个地方,就能了解所有的家电补贴品种。

采取这种措施,也便于政府职能部门监管,防止个别商家把不是"家电下乡"的产品卖给农民,最后使农民得不到补贴。

为方便农民购买家电,让农民购买后用得方便,酒泉市商务局还将延伸销售和售后服务网络,在偏远乡镇设立"家电下乡"销售点和维修点。

酒泉市邮政局也积极参与"家电下乡"活动,为农民购买家电提供配送服务。

"家电下乡"政策提高了酒泉市农民购买家电的积极性。仅在2009年2月22日,酒泉市举行启动全市"家电下乡"活动仪式的当天,销售额就达到了8万元。

家住天水市麦积区社棠镇柏林村的农民高保安,也是一大早乘车一个多小时赶来参加天水市在秦州区龙城广场举行的全市"家电下乡"工作启动仪式。

高保安说:"我家的电视机已经用了10多年了,现在想换个新的,买家电政府还补贴13%的钱呢。"

在启动的现场,高保安高兴地说:"这么多的家电在这里展销,我要好好选上一台大屏幕的。"

2009年3月4日上午,天水市在秦州区龙城广场举行全市"家电下乡"工作启动仪式。

只见横幅上写着"'家电下乡'政府补贴13%、长虹'家电下乡'销售10条承诺"。

此时,广场上人头攒动,10多家家电企业、公司在这里摆摊设点,开展"家电下乡"工作的宣传和展销活动。

秦州区商务局局长辛旭忠说:

"家电下乡"是国家积极应对国际金融危机,利用财政手段扩大内需,促进经济平稳较快增长,加快新农村建设的一项重要举措。

不仅有利于扩大农村消费、提高农民生活质量,还有利于建立面向农村市场的工业生产和流通体系,是一项既具有政治意义,又具有经济意义的重大支农、惠农政策。

辛旭忠还说:

"家电下乡"的补贴政策,直接惠及广大农民朋友,是利民、利企、利国的一件大好事。

我们本着"把好事办实,把实事办好"的原则,认真做好"家电下乡"各项工作,全面搞好政策宣传和补贴资金的兑付。

农民群众也以自己的实际行动,积极购买所需产品,拥护"家电下乡"这一惠民工程。

"家电下乡"企业积极参与

随着"家电下乡"工作的进一步深入，微波炉、电磁炉等小家电产品也纳入补贴产品范围中来。

小家电产品改变了农村的厨房面貌，为广大农村居民打造了一个现代化的厨房。

"家电下乡"中标生产企业，除了为农村消费者量身订制下乡产品外，还从人力、物力、财力等方面，积极地进行准备，让完善的售后服务体系，为"小家电下乡"保驾护航。

生产企业针对农村消费特点和农村实际需求，加强对适合农民使用的小家电产品的开发生产。

针对农村消费者文化水平不高的特点，家电企业采用了触摸式一键通按键设计，使用户操作更简单更方便，只要用手指轻轻一点就能完成操作。同时，还采用了高级的黑晶板作为电磁炉面板，电磁炉面板没有缝隙，只需抹布轻轻一擦就清洁如新。

操作台面简单而人性化，设计完全符合大众的思维习惯，让农村用户可以轻松地完成操作。

广东新宝电器股份有限公司，考虑农村消费环境的差异，在电磁炉产品结构上做特殊设计。针对农村厨房炊具不好收藏的特点，专门设计了站立或悬挂结构，不占用厨房空间。针对农村厨房虫类和灰尘比较多的特点，专门设计了防蟑螂网，能有效防止蟑螂等虫类进入电磁炉机体，造成电路板短路现象。

产品电源线可以折叠收藏，打破了传统电磁炉电源线不美观不好收藏的惯例。

康佳公司生活电器"家电下乡"产品研发，以广大农村消费者的实际需求为出发点，在防水、防蟑螂等产品设计上，均进行了相应的改进。

此外，还考虑到农村路况差、运输距离长、中转次数多的特点，产品包装采用加厚设计。

万家乐公司针对电源线防鼠咬等问题，均一一进行了相应的改进。

"小家电下乡"，突出产品绿色节能安全的特点，力求将最新最好的产品送到农村。

美的微波炉将"送健康"放在首位，旨在与广大农村消费者分享更加营养健康的烹饪方式，为农村消费者带去更好的生活享受。

美的公司工作人员，一方面向乡镇市场的消费者介绍微波炉使用技巧，另一方面还向消费者传递"营养烹饪"为核心的饮食文化，教会农村消费者如何使用微波炉做饭做菜。

参与"家电下乡"工程的企业，都在为给农民群众送去更适合他们的现代化家电产品，而在做着各项不懈的革新和努力。

"家电下乡" 电力设施先行

2009年，在宁夏电力公司的大力支持下，计划对六盘山区63个乡镇、3805个自然村、3242个台区低压接进户线，进行整治改造。以使农村电网彻底告别私拉乱接的"伞状""蜘蛛网"式的接户网络，使农民用电更加安全可靠，致富更加方便快捷，生活质量也得到了进一步的改善。

固原市位于宁夏的最南端，是全国有名的贫困地区。在改革开放后，农民的日子才慢慢地好了起来。

为了帮助农民早日过上小康生活，在农网改造一、二期工程之后，固原供电局又数次投巨资，改造和完善农村电网。

2009年3月6日，宁夏回族自治区固原市"家电下乡"工作，正式启动。

农民很高兴能享受到国家的优惠政策，于是踊跃地购买"家电下乡"产品。

说起家电给农民带来的好处时，回族老人杨如林滔滔不绝。

杨如林说，其实一台冰箱2000多元，好多农民都能买得起。但是，以前电压不稳定，大家很想用冰箱，却不敢买。

杨如林说，过去村里那台50兆伏安的变压器，带全村负荷，绰绰有余。可是，随着村里的家用电器越来越多，那台变压器也逐渐变得力不从心。

前年村里兴起了电炒锅、电磁炉、电饭锅。斋月里，村民同时用电器做饭，变压器带不动，老跳闸。实在没办法，在用电高峰期，供电所就派人在变压器旁边值守。

供电所在2008年给村里换了大容量变压器，2009年又更换了新电线，还给家家户户安装了漏电保护器。

杨如林高兴地说，现在用电没有任何问题，多大功率的家电都能正常使用。

从"家电下乡"开始，在短短的3个月的时间里，村里光电冰箱就买回了23台，手机几乎家家都有。

在农村，过去到了中午或者黄昏做饭的时候，四处炊烟袅袅。但是，现在这种现象是越来越少了。

现在好多农民都不用柴火做饭，而是改用电炒锅、电磁炉、电饭锅做饭。

原州区三营镇电器经销商金志虎说，随着农民收入的稳步增长和城乡用电同网同价的实现，过去那种买得起电器，因为电费高而不敢大量用电的状况，已不复存在了。

几年前，农民不过问的空调、冰箱、电热水器等，现在开始大量下乡。

在三营新村周彦平家，可以看到他家冰箱、彩电、洗衣机、电热水器、组合音响，各类家用电器，应有尽有。

周彦平说,过去只有逢年过节时才买肉,还不能多买,天热了会变味,现在肉和新鲜蔬菜,都可以多买些,放在冰箱里慢慢吃。冰箱这东西根本不费电,两天才用一度电,特别实用。

周彦平还说,过去山区人春秋冬三季基本不洗澡,只有到了夏天,才会晒一盆热水,凑合着把身子擦一擦,洗一洗。

现在,用电特别方便,多数人家里都安装了电热水器和电暖气,想什么时候洗就什么时候洗。

家电要下乡,电力设施必须要及时跟上。否则,农民还是很难过上更为舒适的生活。只有各方面的全力协作,才能让广大农民早一天感受到现代化家电给他们带来的快乐。

仙游县为"家电下乡"做准备

2009年6月的一天，福建仙游县泗洲王家电维修服务点的维修师蒋国滨，对服务对象说："今后，你家的电器再出现故障，请继续和我们服务点联系，我们随叫随到！"

仙游县供销合作社家电维修服务站，实行上门服务，明码标价，让消费者切实体验到"农村社区综合维修服务体系建设"带来的便民利民的大实惠！

"家电下乡"，维修服务要先行。为配合"家电下乡"，帮助农民解决太阳能设备、家用电器、摩托车、农机具等维修服务不到位、收费不透明的难题，仙游县被列入省委、省政府2009年新增的农村社区综合维修服务体系建设，为民办实事民心工程的5个试点县之一。

自2008年底，仙游县扎实做好农村社区综合维修服务网络体系建设试点工作。

牵头组织实施的仙游县供销社，紧密结合供销社"新网工程"，整合农村各类经营服务资源，科学规划，合理布局，已建成1个县级维修中心、15个乡镇综合维修服务站、19个村综合维修服务点、30个村级综合维修服务联络点等65个站、点布局，并推行"统一标志、统一制度、统一着装、统一标准"的管理体系。

为确保综合维修的服务质量和水平，仙游县供销社、劳动局和仙游职专联合举行了新农村社区综合维修服务技术业务培训班，对综合维修 65 个站、点的 210 个技术负责人、技术骨干、学徒分两批集中进行 32 个课时的培训，进一步提高学员们的专业理论知识和实践技能水平。

仙游县供销合作社主任林顺裕说：

> 我们将全力为"家电下乡"提供维修等服务保障，为"家电下乡"售后服务提供有力支撑，以便更好地为广大消费者服务，助推全县新农村建设！

这些维修服务网络的主动融入，很受广大城乡消费者拥护。

经销商优质服务促销售

2009年7月12日,王军翔起了个大早,从家出发赶到自己经营的家电商铺——成都双流县东升镇万达精品家电商场。

王军翔笑呵呵地说:"今天是周末,赶集的人多,'家电下乡'政策好,很多人都是冲着家电来的。"

对王军翔来说,这一天又是一个销售额大幅度提升的高峰期。

在万达精品家电商场,王军翔代理了好几个品牌的"家电下乡"产品,其中有电视、洗衣机、冰箱、电脑、微波炉等。

王军翔刚把冰箱摆到促销区,镇上的村民就都围了上来。

杨顺业是双流县九江镇铁门村的村民,这天他也特地赶到东升镇,为的就是在一家信誉好的商场,买一台中意的冰箱。

杨顺业说:"夏天来了,买个冰箱回去很实用。"杨顺业看上了一款双门冰箱。

王军翔介绍说:"这款是'家电下乡'产品,在我们这里卖得很好。双门冰箱显得大气,价格也就2168元,国家补贴13%,是281元。而且,今天买还可获赠价值

190元的电风扇，真的很划算！"

王军翔做起销售工作来，真是头头是道。

听着王军翔的介绍，杨顺业频频地点着头。但是，杨顺业又开始犹豫起来，说："我买了冰箱，怎么运回家呢？"

"你现在买，我们现在就替你运回家。"王军翔干脆地回答。

随后，王军翔又拿出了一些相关的资料，所有的"家电下乡"产品都有说明书、保修卡，最重要的是一张"家电下乡"产品标志卡，卡上面记录产品品名、品牌、价格、型号等。同时，卡上还附有条形码，只要在电脑上一扫描，产品相关信息都可以直观地显现出来。

最终，杨顺业决定买下这款冰箱。

王军翔提醒杨顺业说："现在手续简化了，7个工作日，就能拿到政府13%的财政补贴。"

王军翔说："国家出台'家电下乡'以来，大大促进了农民的消费需求，以前一天只卖到10多台冰箱，销售额不到4万元。现在，每天可以轻松地卖出30台到40台，销售额提高30%。"

双流县商务局的有关工作人员说，"家电下乡"政策的出台，正好满足了农民日益提高的消费需求。在促进内需与外需协调发展的同时，也人人加快了农村消费的升级。

在双流县几家"家电下乡"销售点，由于彩电、洗衣机在农村早习以为常,所以农民感兴趣的彩电,也集中在等离子、液晶电视等高档次产品,冰箱作为新的消费需求,成为扩大农村消费市场的主力。

随后加入下乡行列的手机、空调、电脑、热水器等产品,也很快成了拉动内需、促进农村消费的热点商品。

农民的消费观念,也随着时代的进步而进步了。

三、农民受益

- 老母亲眉开眼笑地说:"清晰度又高,色彩又鲜艳,而且又大,这可比原来的那台黑白的好多了,还是国家政策好啊!"

- 科左中旗商务局负责人说:"到城里买,路又远不方便,尤其是大件家电用品,送上门,还给补贴,真正考虑到了农牧民的需求!"

- 桐柏县城一处"家电下乡"销售点的负责人说:"'家电下乡'政策给农民送去实惠的同时,也让我们这些经销商受益!"

农民享受政策欢度新年

2008年初,成都新津县开始实施"家电下乡"活动,正式将家电进乡镇,进山村,进农户。

"家电抱回家,政府还给补贴"。这着实让新津县的农民实实在在地得到了实惠,生活质量也有了大的提升。

李泽明是新平镇迎仙村九组的村民,家里经济条件差,全家都在外打工。家里除了那台已经坏了两个多月的14英寸的黑白电视机外,再也没有其他的家用电器了。

2008年1月25日,新津县正式启动"家电下乡"活动,规定在国家商务部门批准的"家电下乡"销售点购买家电,即可享受13%的政府补贴。

李泽明在1月份赶集时,偶然拿到了"家电下乡"宣传单后,便寻思着买一台新的电视机。

李泽明开始在心里算起账来:

海尔21TA1 - T彩电原价629元,现价547.23元,节约81.77元;长虹彩电SF21300(Z)原价668元,现价581.16元,节约86.84元;海信彩电TF21RO8N,原价769元,现价669.03元,节约99.97元。

李泽明在仔细地算了一笔账之后，最终，他相中了长虹 SF21300（Z）型号的彩电。

李泽明说："因为长虹是老牌子，而且款式挺时尚，颜色也不错，最主要的是这个价格我买得起。所以，我就买了这款。"

在大年三十的晚上，全家围坐在电视机旁，看春节联欢晚会，心里甭提有多高兴了。

李泽明 70 岁高龄的老母亲眉开眼笑地说：

> 清晰度又高，色彩又鲜艳，而且又大，这可比原来的那台黑白的好多了，还是国家政策好啊！

不仅是李泽明，在新津县很多乡镇的农民，都在心里打起了自己的算盘。

激活农民的购买能力，加快农村消费提档升级，提高农民的生活质量，推进社会主义新农村建设，是党和政府需要解决的问题。

家住纯阳安置小区的肖成波，不仅买了台大彩电，而且还买了台新冰箱。一股"抢家电"热逐渐在农村出现。

现在的农村人和城里人一样，手里拿着时尚的手机，看着又大又亮的电视机，用着冰箱，日子过得有滋有味。

为了尽快实施"家电下乡"活动，新津县商务局精心组织，认真做好"家电下乡"中标企业及所属的销售网点的申报、备案工作，与"家电下乡"承办企业，签订了《销售服务承诺书》。

同时，通过新津电视台、《今日新津》、新津公众信息网等媒体，对"家电下乡"活动进行宣传，印刷发放宣传资料5万余份。

与此同时，政府有关部门还与县农村信用联社协商，为农民购买"家电下乡"产品开辟绿色通道，对购买"家电下乡"产品的农户，提供快捷方便的贷款服务。

灵台农家过上现代化生活

2008年的一天，甘肃灵台县北沟村村民郭怀军忙完了一天的事，又像往常一样，坐在家里的电脑旁，看起了多年前播放的电视剧《渴望》。

郭怀军感慨地说：

改革开放让咱老百姓富了起来，如今的很多事在当年根本无法想象。

就说家里的电器吧，从30年前的一台收音机，到后来的彩电，再到现在的电脑，日子真是"芝麻开花"节节高。

郭怀军家的第一件正规家电，是一台宫灯牌收音机。这个已被很多人淘汰在记忆里的小物件，在几十年前，却是个难得的稀罕物。

郭怀军依然清晰地记得买收音机时的艰难过程。

那还是在1978年的冬天，郭怀军去乡上供销社给媳妇买布。供销社里的一个会说话的黑壳子，让他看了又看。供销社售货员告诉郭怀军，那是收音机。

就是在这一天，郭怀军有了买收音机的打算。

为了买收音机，玉米面饼、苜蓿干菜汤成了郭怀军家经久不变的伙食。

省吃俭用了半年，郭怀军揣着麦子换来的15元钱，兴冲冲地到了供销社，谁知一台收音机却要20多元。

郭怀军心想，等了大半年，总不能白等啊！于是，郭怀军咬咬牙，又向亲戚朋友东拼西凑地借了5元钱。

钱是凑齐了，可是收音机还是没买来。

郭怀军说："那会儿，买啥都得凭票。"郭怀军又到处托关系，才终于把收音机抱了回来。

老郭家买了收音机的事，一时间成了北沟村的新闻。自此，乡亲们一忙完地里的活，扒上几口饭，就跑到郭怀军家听广播，郭怀军也就因此成了北沟村的名人。

1995年，郭怀军在镇上教书的儿子找了个城镇户口的对象。

没想到亲家开出一个条件：要一台彩色电视机。

这次，郭怀军揣上家里的存折，开着蹦蹦车，就和儿子直奔县城。

店里的电视机多啊，熊猫、长虹、康佳、黄河，还有TCL。一问价格，郭怀军乐了，"1200元，也就是家里两三个月的收入嘛。"

这次，郭怀军搬回的是一台21英寸的长虹牌彩电。郭怀军回忆说："亲家看到彩电，一口一个满意。娃娃结婚那天，大家尽围着电视看了。"正是这台彩电，使得老郭家的婚礼风光了不少。

更让郭怀军满意的是，家里买的是遥控天线，只要把天线安置在院子里，站在屋里就可以自动选台，再也不用屋里屋外地喊话调台了。

同样，能看的频道也多了。郭怀军说："中央台、甘肃台，再加上咱灵台县自己的电视台，有十来个，选择更多了。"

村里连上了有线电视，老郭家的彩电也由21英寸，换成了30英寸的家庭影院。

爱唱两嗓子的郭怀军，还时不时地在家里来一回卡拉OK。

2009年，在村上搞收购的郭怀军，又寻思着买台电脑。经过精心挑选后，一台4000多元的台式电脑，搬进了家。

为了方便浏览供求信息，郭怀军又找电信局的工作人员，接上了宽带网。

一闲下来，郭怀军就学着摆弄电脑。不到3个月，郭怀军就学会了上网、发信息。

郭怀军说："这电脑就是方便，鼠标一点，想看什么就有什么。以前搞收购，总操心收下的东西没人要。现在，我只要发个信息，就有人打电话上门。"

为了更方便地和外地的收购公司交流，郭怀军还让儿子安上了摄像头和话筒，他的收购生意也就越做越大了。

除了家电，郭怀军家同样发生了翻天覆地的变化：彩砖砌面的新居，代替了原有的土坯房；电风扇、洗衣机、液化气等现代化设施，在郭怀军家应有尽有。

在灵台，彩色电视机、VCD、洗衣机等家电，已经成了许多农村家庭的必备品，就是电脑也不再是稀罕物了。

村社里的小超市、村子里的大广场、还有农家书屋、村卫生所等，许许多多的新事物纷纷出现。沼气灶也走进了农家庭院，农民群众也过上了和城里人一样的现代化生活。

"家电下乡"让更多的农民朋友加入了家庭电器化的行列。

农民商家因"家电下乡"受益

2008年4月10日,仪陇新政镇狮子村七社60多岁的农民陈现棋,起了个大早,直奔"家电下乡"销售点。

在销售点,陈现棋看中了一款1199元的29英寸海尔电视机。

陈现棋说:"过去的那台长虹红太阳一族,都用了10多年了,看起来雾得很。家里有六七个人,换个大点的,清晰点的,好看一些。"

而同县的马鞍镇琳琅村七组的罗桂琼,之前一直和丈夫打工,几乎走遍了粤苏沪。

在奔波劳碌挣了钱之后,罗桂琼也不再打算出去,而是将家里的土坯房修成砖房。

以前,罗桂琼的家里没有电视机,他们要看电视就去弟弟家。由于大娃娃已长大了,罗桂琼觉得,应该让娃娃们通过电视多看看外面的世界,增长一些知识。

于是,罗桂琼花了769元,将一台21英寸的海信电视机高高兴兴地抱回了家。

在四川省简阳市,可以看到村村贴着"家电下乡"公告。再看在镇金镇海尔专卖店里,"家电下乡"试点产品专区被设在最显眼的位置。

每一个试点产品上都贴着政府规定价格,并醒目地写着：政府补贴13%。

为了让农民更好地了解政策，专卖店人员在产品的上面，左边放宣传册，右边放宣传单。

只见前来咨询的顾客，络绎不绝。越来越多的农民要购买"家电下乡"产品。

店主汪良英说，在"家电下乡"试点前的头个月，店里只卖出10多台电冰箱。而在试点工作开始后，在2008年4月的第八天，她就卖出了20多台。

简阳市镇金镇赵家村四社的农妇刘碧芬说："'家电下乡'产品不但低于市场价格，买后第二天，我就拿到了259.8元的补贴。价格实惠，也在我的承受范围之内。"

刘碧芬说，她一年前就想买个冰箱。但是，因为品牌冰箱价格高，对于一些农户来说，还是一道越不过的门槛。

刘碧芬说："'家电下乡'政策惠农，冰箱有了，我还想买一个全自动洗衣机。"

"家电下乡"的开展，使农民的生活质量得到了很大的提高。这一点，简阳市镇金镇田铺村七组的李明芳深有体会。

李明芳老人不禁感慨地说："头一年没买冰箱，香肠被冻得邦硬，用水泡也泡不软。这么大的岁数了，咬也咬不动。"

而现在，可以用冰箱对食品进行保鲜了。当问李明芳为什么不吃新鲜的时，老人说："田头菜太多了，吃都吃不赢啊。"

李明芳老人一边说，一边拿出一个制冰格，说："我看到城里头，到了夏天，都是用这个做冰糕。我过段时间，也可以给孙儿做。"在老人的言语中，充满了幸福与满足。

而"家电下乡"也让大竹县姚市乡建福村六组村民刘朝明，好好地高兴了一番。

刘朝明说："我在庙坝街道电器门市，花去1890元买了一台荣升牌冰箱，商家免费送货上门不说，今天乡财政所就及时补上了245.7元的购买家电补贴，这等好事，要是过去想都不敢想。"

刘朝明拿着刚领回的家电补贴，一脸喜悦的神情。

在"家电下乡"所卖的同类产品中，还有一种现象，那就是最贵的产品反而卖得最好。

对此，简阳德盛电器彩电经理李鲲说，店中最贵的29英寸长虹数字高清电视，已经断货。而最便宜的659元的21英寸彩电，却很少有人问津。

李鲲说，农民生活水平提高了，都想买好一点的产品，以改变生活方式。

补贴类产品比市场类低得多，再加上补贴金额，花的价格就相当于买个档次低一些的正价商品。如此比较，农民更愿意买贵一些的产品。

然而，这个良好的局势还得益于两次政策的及时调整。

绵阳北川县擂鼓镇鲁林家电经理鲁斌说，在调整之前，像他这样势单力薄的商店，面临着双重压力。

一方面，农民想尽快拿到补贴，但由于手续太麻烦，补贴款最长要15天才能兑现。所以，很多农民购买"家电下乡"产品并不积极。

另一方面，家电利润只在3%至5%之间，但除去运输费用，再加上4%的增值税，让他无任何利润可图，甚至亏损。这让他一直处在被动的观望之中。

但是，经过两次政策调整之后，农民申报手续简化了，购买积极性也相应地提高了，现在补贴类产品销量每月以两倍的速度增长。

店里生意已能保证收支持平。因此，鲁斌比以前工作更努力了。无论多远，鲁斌都坚持送货上门，最远的一次是送到10多公里之外的苏保沟，单程花了20多元。

最后，路实在走不通了，鲁斌就帮买主请人，将冰箱背了上去，送到买主家中。

自从"家电下乡"走顺之后，鲁斌的整个店的销售业绩提升了3倍。作为经销商，他有理由不高兴吗？

高档家电走进农民家庭

2008年6月初,在山东省章丘市绣惠镇河南村,时年81岁的刘云和老人买了一台澳柯玛牌电冰箱,一共花了1635元。

不到半个月,刘云和家就领到了212.5元的家电补贴。

一进门,就可以看到崭新的冰箱摆在门厅里,里面冷藏着新鲜的鸡蛋和蔬菜,还冷冻着猪肉。

刘云和高兴地说:

> 农民买家电,国家给发补贴,真是做梦都没想到。正是有了"家电下乡"政策,我和老伴才决定买台冰箱回来,放些饭菜和水果,既保质又保鲜。
>
> 现在,家里彩电、冰箱都有了,喝上了自来水,看上了有线电视。村里还掏钱给我和老伴入了"新农合",大小病就近看,还给报销。现在日子过得越来越好了。

同全村20多户村民一样,刘云和成为众多"家电下乡"政策的受益农民之一。

过去，在很多农民眼里，彩电、冰箱等买不起的家电，现已纷纷走进了寻常农民家。

禹城市房寺镇邢店村农民王成起，在 2008 年 4 月，花 648 元买了一台 21 英寸的长虹牌彩电。

王成起高兴地说：

按照镇里发的《"家电下乡"明白纸》，我拿着户口本、身份证和发票等凭证，去了一趟镇财政所办完手续。

一个多星期后，就领到 80 元补贴，很方便。省下的钱还能再买一袋复合肥，农民负担真是减轻了。

禹城市房寺镇财政所所长蔡振田说：

"家电下乡"试点管理程序严谨、合理，操作简便。网点卖出家电后，即时上网登录销售信息，财政部门可随时掌握农户购买情况。

禹城市财政局副局长李光明说，为方便农民就近购买，禹城市选择了 7 家家电企业，承担"家电下乡"销售业务，39 个网点覆盖全市所有乡镇。

农民在任何一个"家电下乡"定点销售网点，都能购买到合适品种的家电。

从买彩电、电冰箱、手机有补贴，到购买洗衣机也有补贴。山亭的老百姓着实尝到了"家电下乡"政策带来的实惠。

2009年1月10日，家住山亭区凫城乡文王峪村的韩建功，领到了前段时间花了1750元买冰箱的补贴款227.5元，喜悦之情溢于言表。

山东省财政厅经济建设处处长姜凝说：

> 由于程序合理，资金申报、审核、兑付环节紧凑，截至目前，全省尚没有发现一例骗取补贴的现象。

农民享受优惠欢乐过年

2009年春节来临之际,在全国农业人口最多的河南省,但见各大城乡"家电下乡"定点商场,熙熙攘攘,不少外出采购年货的农民,特地赶在春节前,买上件新家电。

1月19日,河南省郑州市正式拉开了为期一个月的"欢乐购物过大年'家电下乡'促销活动"序幕,在家电商场纷纷启动促销活动的同时,10多辆悬挂宣传标语的货车满载下乡家电,进村入户开展宣传。

郑州市副市长薛云伟说:

> 我们利用春节,商品市场进入销售旺季的有利时机,通过开展"家电下乡"产品促销活动,有助于增加农民消费热点,激发潜在需求,扩大农村市场消费规模,让百姓过一个欢乐祥和的春节。

在焦作市武陟县最大的家电销售网点兴华家电超市,一走进商场就能看到"'家电下乡'产品专卖区"的横幅。

只见琳琅满目的家电产品上,都清楚标明了销售价格和农民将获得的补贴资金数额。

超市销售员邓凤君说:"随着试点一年来,农民对'家电下乡'政策了解的增多,前来购买家电的人越来越多。春节临近,不仅传统彩电需求旺盛,最新增加的液晶电视,更是深受欢迎。商场26英寸液晶电视,这几天都卖断货了。"

河南省财政厅副厅长杨舟说:

> "家电下乡"财政补贴政策的实施,极大地带动了农村家电销售,加速了农村家电的普及率。

春节临近,新婚不到一个月的武陟县三阳乡付村村民董虎明,领到了购买"家电下乡"彩电和冰箱的430元补贴。

董虎明高兴地说:"上个月为结婚,我购买了一台1398元的长虹彩电和一台1899元的海尔冰箱,不到一个月就拿到了补贴。这笔钱对我们来说,就等于一个月的生活费,真是雪中送炭。"

三阳乡财税所所长赵体中说:

> 过去是农民交公粮,现在倒过来,政府给农民发补贴,不仅有粮食直补、综合直补、繁育母猪补贴等各种农业补贴。

现在连买家电也有补贴,真正感受到政府的支农惠农政策好。

进城采购年货的武陟县北郭乡上庄村村民马建中,特地来到城里的家电商场,买了一台29英寸彩电。

马建中说:"过去农民只能购买价格便宜,但质量无保证的杂牌家电。现在看到'家电下乡'的都是名牌,质量好,价钱还便宜,再加上政府给的13%补贴,为农民带来真正的实惠。"

新郑市李唐庄的李国庆,进城也新买了一台洗衣机,乐呵呵地往家里抬。

同时,李国庆还高兴地对街坊四邻说,他买的洗衣机如何的物美价廉,多亏了国家的好政策,让他这种贫困户也能买得起洗衣机了。

为了减轻县级财政负担,河南省政府还明确规定,从2009年1月1日起,地方配套部分,由省级财政全额负担。

此外,为了保障农民及时足额拿到补贴,河南省还逐步完善和简化了农民申领补贴手续。

农民购买家电后,只需凭有效证件、产品标志卡、购买家电的发票就可以到乡镇财政所申报领取"家电下乡"补贴,手续比以前试点阶段简单了很多。

农民充分享受惠民好政策

2009 年春节后，在河南省南阳地区，到处可以听到农民发出这样的声音：

种地免皇粮还有补贴，如今买家电又有补贴，这真是爱民惠民的好政策啊！

农民群众从内心里感激这项为他们雪中送炭的好政策。

桐柏县城一处"家电下乡"销售点的负责人说：

"家电下乡"政策给农民送去实惠的同时，也让我们这些经销商受益！

这位负责人说，这项政策出台前，他们每天的营业额很少，商店冷冷清清。

自从政府实施了这项惠民政策之后，前来咨询、购买家电的农民朋友越来越多了，营业额也因此增长了好几倍。

西峡县建设路家电广场，是"家电下乡"指定销售网点。在店门外，张贴着大幅的"'家电下乡'产品价格一览表"，店内收银台旁还列出了9款"家电下乡"手机的原价、补贴金额。

2009年的农历正月初八，在市城区新华路的一个家电超市内，镇平县彭营乡农民张玉宁，经过对各种品牌电视机的一番价格、款式的比较之后，最终选中了一款海信电视机。

张玉宁高兴地说："这款电视机价格为1998元，回家后拿着相关证件，我可以领到259.74元的补贴。我买电视，政府贴钱，这事真好。"

张留柱是桐柏县埠江镇胡楼村人，在2009年春节之前，张留柱一口气买了一台冰箱和一台29英寸的电视机。

张留柱说："我们村是新农村重点建设村，县里对新农村重点建设村实行享受国家13%的补贴后，再另外补贴13%的优惠政策。买了两台电器省了近千元，这等好事咋能不赶紧办呢？"

买的电器价格比较便宜，张留柱刚开始也担心产品的质量会下降。但是，张留柱在看到有政府的保证和厂家的承诺，而且选定的都是名牌，即便有问题，商场也保证给检修和换货，他们全家才放了心。

为了方便群众购买家电，各县、市、区在各乡镇，都设有销售网点。

市、县两级商务部门对销售企业及网点建立工作档案，全面掌握"家电下乡"销售情况、网点建设与维修服务情况、企业履行承诺情况等。

同时，严厉打击销售假冒伪劣、欺行霸市等行为，切实让群众得到实惠。

为了使"家电下乡"这一政策落到实处，让农民得到确确实实的实惠，各县市区都在探索一条适合本地实际的路子。

就"家电下乡"补贴的申领来说，常规的做法是：农民在指定网点买完产品后，持相关手续到财政部门领取补贴。

西峡县在国家兑付政策的基础上，结合县里实际情况，实行现场兑付，也就是说，经销商先给买家电的农民垫付补贴资金，财政部门见到手续后，再把钱补给经销商。

桐柏县委、县政府加大惠农力度，对新农村重点建设村实行享受国家13%补贴后，再补贴13%的优惠政策。

同时，采取企业垫付资金当场补贴给农户的办法，简化办事程序，减少补贴环节，为"家电下乡"工作开辟了一条方便快捷的"绿色通道"，极大地调动起了农民群众的购买热情。

桐柏县商务局与"家电下乡"实施企业签订目标责任书，增强了各级、各网点做好"家电下乡"工作的责任感；制订了专营店标准和行为规范，加强对各销售网点产品质量、价格、宣传、销售、服务及维修标准、退换货处理、信息系统情况的检查。

"家电下乡"产品通过产品设计和招标,价格明显低于市场同类产品。

此外,财政又补贴13%,农民花钱少,又买到了名牌家电产品。农民不但生活质量提高了,而且还可以更多地了解国家政策、获取市场信息、学习生产技术。

"家电下乡"促进消费观念转变

2009年进行的"家电下乡"活动，把微波炉、空调、热水器等家电产品，也纳入其中。

这些原本在农村看来是城里人用的东西，现在也开始进入了农民的生活。

江城的农民张栋说，他家里已经购置了微波炉，虽然这在农村还不普及，但是由于使用起来十分方便，越来越被更多的同村农民看好。

听说"家电下乡"产品也有微波炉，同村的农民都盼着家电卖场快点推出相关产品，好让农民尽早享受到好政策。

张栋说，在农村，尤其是在农忙时节，农民经常是早上把饭做好，到中午热热就吃。有时太忙太累，来不及点火热饭，只好用热水泡饭吃，甚至直接吃凉饭，不少农民因此得了胃病。微波炉改变了这一现状，不出几分钟，饭菜就热好了。中午回家，快速吃完饭，还能睡一觉，再实用不过了。

在农村，农民对热水器的期待热度也比较高。农民梁刚说，以往农村洗澡受条件限制，要么半个月甚至几个月洗一次澡。有时到镇里的浴池洗，有时在家里用大盆烧热水洗，夏天甚至直接到河里洗。

有了热水器，虽然会费些电，可洗澡更方便了，也更勤了，"咱就不总是灰头土脸的了"。

梁刚还对电脑产品特别推崇。梁刚说，电视、手机、洗衣机，这几年在农村普及率挺高的，而电脑在农村还很少，再说农村上网也还缺乏条件。

可是，"家电下乡"产品增加了电脑，无疑为电脑进农家预留了空间。

党的惠农政策越推越多，越落越实，建设社会主义新农村，会让农村越来越城市化。到那时，农民用电脑也不是新鲜事了。

电脑让农民的视野更开阔了，农村不再是闭塞、落后的代名词，农村与外界、与世界联系得更紧密了。

伴随着现代家用电器逐步走进农民家中，农民的生活方式也在不断地发生改变。

农民再也不是热了光膀子、食物存地窖、大口喝凉水的那种生活方式了。

农民的家电消费观，也发生了很大的改变。农民购买家电产品，除了用于孩子结婚外，就是建好了新房，搞配套设施。

就电视来说，有的农民已经从一般的彩电发展到购买液晶电视、平板大屏幕电视。

而热水器、智能洗衣机、摄像机、电脑等物品，也以最快的速度，在农村增长。

农民的消费观念在升级，消费在提前，"家电下乡"

再度催动了农村家电消费的升级和提速，也从深层次改变了农民的消费观。

农民从不敢买、等着买，已经转换到了需要买、提前买的消费观念。

随着生活质量的提高，农民生活也讲究现代化的享受。走进农家，你可以看到电脑、电磁炉、微波炉、榨汁机等新时代的电器，呈现在眼前。

国家的惠农政策，让农民手中有了闲钱，电网改造使农民用电不再受困，各类专卖店开进家门口，农民购买方便，售后无忧……

这些便民、利民的措施，让农民享受到使用高科技家电产品的乐趣。

实施"家电下乡"是统筹国内外两个市场的积极探索，是一项重大的支农惠农政策，是国家财政资金支持的重点由投资、出口扩展到消费领域的一项重大创新，是财政政策和贸易政策的新突破。

家电补贴促进家家提前实现现代化

贵州省六盘水市钟山区月照乡金钟村村民曹勇,在国鼎家电卖场购买了一台洗衣机,由于有国家的财政补贴,曹勇省下了100余元的开销。

曹勇说,自己原本没有明确要买的东西,只是抱着走走看的心态,来到了卖场。

到了卖场一看,曹勇发现"家电下乡"的产品都是一些品牌产品,在质量上有保证,同时价位也十分合理。再加上国家的补贴,能比以往省下100余元,所以自己就买了一台洗衣机。

曹勇说:"别看现在不少农民富起来了,但在消费上普遍还是有些保守,担心的事情不少,因此手头总得留些钱。别小看'家电下乡'补贴的这点钱,对不少农民绝对是一种消费刺激。"

国美电器的负责人说,通过几个月的宣传,不少农民抓住"家电下乡"的消费时机,大多将采购计划提前了。

这位负责人接着说,部分中等收入的农民家庭,在家电采购规划上,一般要规划一年甚至几年。比如当年收入买彩电,第二年再买冰箱,过几年再买洗衣机等。

但是,"家电下乡"的惠农政策,让他们缩短了购买的时间，有的农民把 3 年甚至 5 年的规划，缩短至一年，甚至更短。

钟山区月照乡副乡长舒彩和说："以前，村民购买家电产品，除了用于孩子结婚外，还有就是建好了新房搞配套设施。但现在，'家电下乡'推动了农村家电消费的升级和提速，也从深层次改变了农民的消费观，农民从不敢买、等着买，转换到了需要买、提前买。"

钟山区月照乡马坝村村民陈明慧说，她家里已经购置了一台电视机和一台冰箱。

陈明慧笑呵呵地说："有了冰箱方便多了，特别是在夏天，以前吃不完的东西，放到第二天就坏了，只有倒掉，非常可惜。现在好了，可以多放好几天，而且冰箱还可以给娃娃冻冰棒。"

"家电下乡"让广大农民的生活过得有滋有味了。

"家电下乡"使农牧民生活更精彩

2009年3月13日,当看到从太阳能热水器里放出的热的水时,内蒙古科左中旗珠日河牧场五分场70多岁的老牧民特日根,禁不住高兴地说:

"家电下乡",赛娜!赛娜!

"赛娜",蒙古语是"好"的意思。

老牧民特日根在草原深处生活了一辈子。伴随着国家一系列惠民政策的出台和实施,特日根一家的生活也逐渐地好起来了,家里接连购置了彩电、冰箱、洗衣机。

2009年年初的一天,特日根在收看电视时,得知国家要送"家电下乡"的消息。于是,特日根立即行动,到"家电下乡"销售点,买了一台太阳能热水器,花了3000多块钱,国家还给补了500多块钱!

特日根心里别提有多舒畅了,他高兴地说:"原来洗个澡走40多公里。现在方便了,不出家门就能洗上澡!"

说起"家电下乡",科左中旗商务局负责人也十分高兴。这位负责人说:

"家电下乡"政策太实用了,生活好了以

后，就想痛快地享受享受。

到城里买，路又远不方便，尤其是大件家电用品，送上门，还给补贴，真正考虑到了农牧民的需求！

盛夏时节，在内蒙古太仆寺旗贡宝拉格苏木牧民朝鲁家里，一家人正围坐在炕桌旁，一边吃着奶食品，一边欣赏着电视里的文艺节目，日子过得有滋有味。

与以往不同的是，朝鲁家看了10多年的14英寸小电视换成了液晶大彩电。

朝鲁十分欢喜地说："国家爱民惠民的好政策就是好啊！拿着身份证和电器店出具的'家电下乡'卡、购物发票，还可以领取国家给农牧民的13%购买家电补贴款。"

"家电下乡"的大力开展，不但提高了农牧民的生活质量，同时直接拉动了农牧民消费，其金额高达134.74万元。

在实施"家电下乡"工作中，太仆寺旗有关部门的工作人员专门严格按照国家的相关规定，为农牧民开展报销服务。

此外，有关部门还专门召开了财政局、商务局、乡镇财税所、"家电下乡"指定经销网点负责人会议，落实国家"家电下乡"相关细则，并简化了补贴发放程序，有效地解决了农牧民申请领取补贴手续烦琐的问题。

这些措施有效地促进了农牧民的购买热情，促使更多的人家实现了家庭现代化。

利民政策使农民梦想成真

2009年4月初,一级士官范恒休假回到家乡,即河南省永城县高庄乡冀中村。

这时,国家的"家电下乡"惠民政策已让全国广大农民得到了实惠。而这一消息传至军营,广大农村籍官兵无不为之振奋。

阔别家乡4年后,范恒满眼充满了惊喜与新奇。只见乡村公路变成了柏油路,村子里楼房多了,文化设施全了……

更令范恒高兴的是,家里也是一个大变样,只见家里添置了彩电和洗衣机,看上去还真有些家庭现代化的气息。

父亲告诉范恒:"'家电下乡'好啊,乡亲们都买了中意的家电,用起来可方便了。"

范恒一家是地地道道的农民,父母一年四季都忙碌在田间地头,辛勤劳作所得的收入,只能勉强维持家里的生计。要想添置几件像样的家电,还真很困难。

范恒说,在他参军入伍前,家里唯一的电器就是1992年买的那台17英寸的黑白电视机。

入伍之后,范恒凭着自己出色的工作表现,被选改为士官,家里的经济条件也开始好转。

近几年，父母靠种农作物，每年收入也有 1 万多元。但父母还是把口袋里的钱捂得很严实，一点儿也舍不得乱花。

2009 年初，"家电下乡"的春风吹到了村子里。乡亲们陆续往家抬回了电视机、冰箱等家电，范恒的父母却仍在家"观望"。

后来，家电补贴产品扩大到彩电、冰箱、手机和洗衣机共四类，金额按照销售价格的 13% 进行补贴。

范恒通过新闻媒体了解到这一政策后，心里甭提有多高兴了。

范恒急忙通过电话，向父母传递这个好消息，动员他们赶紧去购买。二老这才动了心，到镇上一家销售点花了 1000 元买回一台 21 英寸的彩电，得到财政补助 130 元。

范恒的父母欣喜地看到，商家不仅负责把彩电送到家，而且还帮助安装调试。

家里有实惠的家电，生活质量大大提高了。范恒的父母真是乐得合不拢嘴，见人就说：

党的好政策，圆了俺家 17 年的梦！

南城农民享受"家电下乡"实惠

2009年,国家实施"家电下乡"补贴政策,激活了农村的消费市场,只要是农业户籍的居民,持身份证就可以在规定的时间内购买到规定的彩电、冰箱、冰柜、手机、洗衣机等家用电器,并可以享受到13%的资金补贴。

这笔补贴资金,均由当地财政直接拨付到购买人的"一折通"账户中。

南城已有许多农户享受到了"家电下乡"补贴带来的实惠。液晶彩电、豪华轿车、高档农机……现在,只要你来到江西省抚州市南城农村,这些"现代高端产品"随处可见。

随着生活水平的提高,南城农民购物有了新时尚:从低端日常生活消费品,到高端享受型产品,以及现代化生产器具。这种购买态势的转变,正是南城农村经济社会发展的真实反映。

在南城农村,以前经常能看到妇女们三三两两地在河边、水沟边洗衣服,棒槌敲得石板砰砰响;男人们则三五成群地聚在一起打打牌,喝喝酒,满嘴的牢骚。南城农村现在大部分家庭都添置了高档电视机、洗衣机。

每天,南城县株良镇路东村村民李国才,都会高高兴兴地驾着私家车去自家工厂里上班。在南城，农民拥有私家车已不算是新闻了。

放眼望去，只见全县农村处处都可以看到崭新的小轿车、微型客车、摩托车在穿梭往来。

南城县不少农民，通过课桌加工、汽车运输或特色种养走上了致富之路。

农民手中有了钱后，也开始享受发展成果，追求新时尚，私家车拥有量也逐年增多，并且已陆续进入到平民百姓家中。

路东、秋水园、花楼下等国道沿线村子，私家车更是比比皆是。

许多农民乐观地说：

> 随着国家购车补贴的落实，拥有私家车的农民会越来越多。

南城农民已经走上了家庭现代化的快车道。

"家电下乡"满足农民需求

2009年的一天，在辽宁省辽中县白楼家电商场，老大房乡的农民老侯，在一款29英寸的彩电前停下了脚步，开始询问价格、性能等。

老侯这几年收入不错，除了种田，还建起了大棚。腰包也渐渐地鼓了起来。于是，老侯开始琢磨着怎样提高自己的生活质量。

老侯说："家里21英寸的电视，是10多年前买的，一直惦着换新的。有了'家电下乡'政策，电视更便宜了，专门赶过来看看有没有合适的。"

在辽中县城郊乡卡南村村民孟庆元的家，一台崭新的海信彩电摆放在卧室的方桌上，孟庆元的小孙女正在开心地看着少儿节目。

孟庆元说："这台彩电是不久前买的，29英寸的，才1800多元，政府给补贴了200多元。原来家里看的是10多年前买的小彩电，有了'家电下乡'补贴，我们决定要换新彩电了。"

在村民金红家的院落里，晾衣竿上正晾晒着衣服、被单等。

金红说："家里原来的单缸洗衣机是10多年前买的。这次听说了'家电下乡'政策，动了想换个好点的洗衣机的念头。最终选中这台 8.5 公斤的双缸洗衣机,洗完就直接甩干了,这功能特别好。"

"家电下乡"带动了农村的消费热,促进了农民消费结构由过去简单的日常食品和生产性支出逐渐向高价值的家电产品消费升级。

"家电下乡"政策提高了农民的生活质量,满足了农民日益增长的文化需求。

在辽中县卡南村,当了 7 年村党支部书记的齐德全说起"家电下乡"政策来,脸上立即洋溢着一幅十分高兴的神情。

齐德全说:"载着彩电、冰箱、洗衣机的送货车,一辆辆开进村里,尤其那大红的条幅'家电下乡'政府补贴 13%,格外引人注目。"

村民们买家电领补贴的消息,不时地传来。

齐德全说:"'家电下乡'政策实施以来,我们粗略统计,有 20 多户买了不同品种的家电,电视机、洗衣机、冰箱、手机都有。随着一样样家电在农村安了家,村会计手里的'发票'越来越厚。村民们买了"下乡家电",把发票等相关报销凭证交到村里,每月 25 日统一到乡财政所报销。"

厚厚的"发票",充分地显示出农民的生活正在发生着根本性的改变。

内蒙古自治区土默特左旗毕克齐镇马王庙村的村民于交运,在"家电下乡"的时候买了一个澳柯玛的冰柜。

冰柜放在自己的床头，隔一会儿就能听到制冷声。于交运笑呵呵地说：

> 早就想添置一件这样的家用电器了，邻居们告诉我，现在买家电既便宜又有补贴，才促成了这次消费，是"家电下乡"使我又一次交上了好运。

于交运家只有4亩土地，这些年干起了瓦工，收入一直不错。

2009年开春后，于交运常听乡亲们说起"家电下乡"，买东西还有补助。于是，于交运赶紧买回了一台澳柯玛冰柜，并领到了188元的补贴。

从前小孩吃不上雪糕，现在一买就是10多根。于交运还特意让老伴儿买了一块特好看的花布，盖在了冰柜上。

家电下农村，不仅给农民生活带来了便利，还给庄户人带来了更多的感动。

村民李二柱过去只知道种地有补贴，可不曾想，买东西还有补贴，使庄户人充分感受到了政府的温暖。

镇财政所杨所长说："买完家电，卖场还替你送到家里。带上发票、身份证、'家电下乡'标志卡、粮食直补专用折，到财政所一备案，不出半个月，补贴就打到了你的'金牛卡'上。"

杨所长说：

　　家电补贴是专款专用、封闭运行，财政所严格程序，制定花名册。
　　然后，通过信用社把资金划到农户账上，程序简化到了最大限度，保证了购买者的利益，切实扩大农村消费。

2009年6月12日，遵义市红花岗区海龙镇温泉村村民罗天容，拿着手中的存折，来到镇上的农村信用社，领取几天前购买冰箱的290多元家电补贴。

罗天容说："有了'家电下乡'的惠民政策，我家买了个冰箱，我们住在郊区，买菜买肉不方便，有了冰箱就好了，我们一家很高兴。"

同村的村民黄达均和罗天容一样，也享受到了"家电下乡"带来的好处。黄达均有一身建筑施工的好技术，他购买了一部手机，现在，接到的施工任务越来越多。

自"家电下乡"活动启动以来，海龙镇温泉村不少村民购买或者更换了冰箱、电视等家电。

居住在汇川区高桥镇新桥乡谢家寨的村民谢明富，以前一直靠发展种植业维持生活，一年下来，只有几千块钱的收入。

6月2日，谢明富取出了多年的存款，到"家电下乡"销售网点，购买了一辆东风小康汽车，专门给罗庄、国美等家电公司运送物资。

一天下来,谢明富就可以挣到将近 100 元的收入,这比以前的收入高多了。

谢明富说:"汽车下乡政策,我们老百姓实实在在得到了实惠。"

汇川区高桥镇财政所所长王芳说:"从高桥镇经办的'家电下乡'补贴和汽车下乡补贴来看,国家优惠政策在拉动内需、刺激老百姓消费方面的作用是非常大的。"

一位市人大代表,在了解了中心城区"家电下乡"的情况后,说道:

"家电下乡"推动了农村家电消费的升级和提速,也从深层次改变了农民的消费观。

国家的补贴政策大大提高了农民的消费热情,冰箱、洗衣机、手机等进入农村寻常百姓家,农村的家电消费提前升级,农民的生活质量进一步提升,生活方式朝着健康、现代、时尚的方向迈进。

"家电下乡"不仅拉动了内需、扩大了消费,更改善了农民生活。

本书主要参考资料

《"家电下乡"供电服务手册》国家电网公司编 中国电力出版社

《2009中国家电下乡发展研究报告》中国家电协会编

《中国农业年鉴》中国农业出版社编 中国农业出版社

《春风化雨润沃土：文化科技卫生"三下乡"经验资料汇编》中共中央宣传部宣传教育局编 学习出版社

《播种希望：文化科技卫生"三下乡"活动报道集萃》中共中央宣传部宣传教育局编 学习出版社

《植根沃土十载情：全国文化科技卫生"三下乡"活动十周年工作座谈会材料汇编》 中共中央宣传部宣传教育局编 学习出版社